Fremde Menschen an meinem Bett

12 Geschichten

Tobias Hülswitt (HRSG.)

Fremde Menschen an meinem Bett

12 Geschichten

Herausgeber
Tobias Hülswitt

Autor:innen
Der 16. Jahrgang der
Reportageschule

Gestaltung & Satz
Andreas Gregor

Projektleitung
Ariel Hauptmeier,
Philipp Maußhardt

Kontakt
info@reportageschule.de
www. reportageschule.de

Post
Spendhausstraße 6
72764 Reulingen

ISBN 9783755735687

Herstellung und Verlag
BoD – Books on Demand
Norderstedt

Copyright
Die Reportageschule 2021 –
Nachdruck erwünscht!

Bibliografische Information der
Deutschen Nationalbibliothek: Die
Deutsche Nationalbibliothek ver-
zeichnet diese Publikation in der
Deutschen Nationalbibliografie;
detaillierte bibliografische Daten
sind im Internet über dnb.dnb.de
abrufbar.

DIE
REPORTAGE
SCHULE

Inhalt

Vorwort

Die Inspiration kommt über uns, wir setzen uns hin, schreiben los – und ping, da ist sie, die perfekte Short Story. Das ist der Traum vieler, die ans literarische Schreiben denken. Die Myriaden an Schwierigkeiten, die es mit sich bringt, von der Ideenfindung über die Figurenentwicklung bis hin zu den Dialogen bekommen Schreibende dann zu spüren, wenn sie sich hinsetzen, um die ersten Seiten zu füllen. Oftmals endet der Versuch dann schnell.

Wo setzt meine Kurzgeschichte ein und wo endet sie? Woher weiß ich, was meine Figuren wollen? Wie sie sich fühlen? Wie und worüber sie sprechen? Und was sie zu tun bereit sind, um ihr Ziel zu erreichen? Wie erschaffe ich mit Worten jene sinnliche Welt, die meine Leserinnen und Leser vor sich sehen? Wie halte ich Spannung aufrecht? Und, last but not least, worin unterscheiden sich Short Story und Reportage? Was treibt uns an, wenn wir literarisch schreiben?

Schreiben kann gelingen. Mit den richtigen Tools. In meinen Workshops vermittle ich seit vielen Jahren die Grundlagen, auf denen Schreibende ein Leben lang aufbauen, die sie modifizieren und auch überwinden und transformieren können, indem sie das Handwerk mit ihrer eigenen Schreibweise verschmelzen, ihrer einzigartigen Sicht auf die Welt.

Im Short Story-Workshop im Sommer 2021 haben die Studierenden an der Reportageschule Reutlingen den Schritt von der Reportage zur Short Story gemacht und auf Anhieb wunderbare Kurzgeschichten geschrieben: Ein junger Fotograf folgt heimlich Menschen, ein Geburtstagskind sagt alles ab, ein Schachmeister zweifelt an seinem Verstand. Ein Demenzkranker erzählt aus der Innensicht, der Teufel singt im Chor und eine Wohnung löst sich in Schutt auf. Jede einzelne der Geschichten, die Sie in Händen halten, hat mich tief berührt, bewegt, überrascht und begeistert.

Ich bin sicher, Ihnen, liebe Leserin, lieber Leser, wird es genauso gehen. Und wer weiß? Vielleicht werden Sie sich, inspiriert von der Lektüre, eines Tages selbst hinsetzen und – schreiben.

Tobias Hülswitt
Reutlingen im Juli 2021

Charlotte Köhler:
Das Portrait

EINS

Sie sah ihm direkt in die Augen, als er abdrückte. Er war ihr ab der Bushaltestelle am Park gefolgt. Dort, wo der Geruch von Narzissen mit dem von Urin ringt und den Kampf nach drei Atemzügen verliert. Sie lächelte die ganze Zeit über. Als sie sich einen Kaffee an dem kleinen Wagen holte, als sie mit ihrem Mann telefonierte, als sie „Ich liebe dich auch" sagte und auflegte, selbst beim Trinken schien sie zu lächeln. Er war sich nicht sicher, ob das überhaupt möglich war. Er lief ihr nach, als sie im Blumenladen einen Strauß abholte, den sie bestellt haben musste, denn sie kam nach wenigen Augenblicken aus dem Laden, roch an den Blumen und blinzelte in die Sonne. Sie ging noch etwa fünf Minuten, bis sie den Strauß einer Frau mit silbernen Haaren überreichte, die sie küsste und fest an sich drückte.

Die Frau trug, wie sie auch, Perlenschmuck, in ihren weißen Blusen sahen sie wichtig aus. So wurden sie auch behandelt, von dem stolpernden Kellner und den Passanten, die im Vorübergehen immer wieder zu ihnen herüber schielten und so taten, als würden sie es nicht tun. Er setzte sich auf die Bank gegenüber von dem italienischen Restaurant und wartete. Mit dem linken Auge schaute er durch den Sucher, das rechte kniff er zu. Dann traf ihn ihr Blick. Durch den Sucher schauten ihre glasigen Augen direkt in seines. Er drückte ab.

Einen zweiten Versuch gab es nicht. Sie hatte ihn gesehen, seine Kamera. Mit zitternden Fingern hing er sich das Band um, auf dem rote Lettern prangten, zog den Schirm der schwarzen Mütze tiefer ins Gesicht und rannte los. Er hörte nicht auf, auch nicht, als die Haustür hinter ihm ins Schloss fiel. Er rannte die Treppe hinauf. Nahm mit jedem Schritt drei Stufen auf einmal. So schaffte er die fünf Stockwerke mit dreiundfünfzig Schritten.

Mit jedem Mal wurde er schneller. Beim ersten Versuch, drei Stufen in einem Schritt zu nehmen, war er abgerutscht und mit dem Kinn auf die hölzerne Kante geknallt. Aus seinem Gesicht floss ein rotes Rinnsal auf die Treppenstufe. In seiner Panik war er weiter gerannt und hatte gelogen, als Frau Domanski von unten fragte, ob es sein Blut war, das ihr Rauhaardackel Rudi aufgeleckt hatte. Als er verneinte, hatte sie nur lange auf das durchsuppte Pflaster an seinem Kinn gestarrt, den Kopf geschüttelt, hatte Rudi auf den Arm genommen und war schimpfend die Stufen zurück in ihre Wohnung im zweiten Stock gestampft.

Die Narbe, die bleib, nahm wie ein unfruchtbarer Boden jeder Haarwurzel die Lebensgrundlage. Seinen armseligen Bart durchschnitt seitdem ein weißer Strich, der sich durch die schwarzen Borsten bahnte, die den Abstand zueinander unbestechlich einhielten. Wenn er nicht schlafen konnte, was oft vorkam, fuhr er stundenlang mit dem Zeigefinger über die glatte Stelle.

Die Stunden nach dem Auslöser war er wie im Rausch. Seine Hände arbeiteten von allein, er hörte die Klingel nicht, aß nicht und trank nicht. Er dunkelte die zweieinviertel Zimmer ab und begann zu arbeiten. Er hörte erst auf, als ihn der Blick der Frau – in drei Größen und glänzend – traf. 10×15. 13×18. 30×45 Zentimeter. Dann hängte er sie zu den anderen und legte sich auf die Matratze ohne Laken. In der schwarzen Wohnung bemerkte er nicht, dass es Nacht und wieder Tag wurde.

ZWEI

Ein anderes Mal sah er einen Mann. Er stand am Zaun einer Grundschule. Es war offensichtlich. Er blieb stehen, als die Klingel verklang und das Kinderlachen nur noch gedämpft durch die geschlossenen Fenster drang. Linus lehnte an einem Baum, zündete sich eine Zigarette an und wartete. Als der Mann seine Hand vom Zaun löste und in Richtung Hauptstraße ging, ließ Linus die Zigarette fallen, spannte den Auslöser, strich sich die eine Locke, die ein wenig zu lang war, aus dem Gesicht und lief ihm nach. Er traf ihn am S-Bahn-Gleis. Dieses Mal musste er nur bis zum Bus auf der anderen Straßenseite rennen. Der fuhr bis zur Wäscherei in seinem Viertel. Der Mann würde ihm nicht nachrennen, da war er sicher. Er selbst rannte dieses Mal mehr aus Reflex als aus Angst. Als er die Abzüge des Mannes an die Kordel hing, empfand er etwas wie Stolz. Es war nicht leicht gewesen, den Blick unter den vielen, die auf die Bahn warteten, zu treffen. In der schwarzen Wohnung schlief er zum ersten Mal seit Wochen eine Nacht durch.

DREI

Er hatte nicht gedacht, dass er hier ein Foto machen würde. Zu naheliegend, schon zu oft gemacht. Doch als er den Jungen sah, konnte er nicht anders. Er kratzte schnell die letzten Reste vom Risotto auf seinem Teller zusammen, stopfte sich die Gabel zu schnell nacheinander in den Mund, verschluckte sich, bekam keine Luft, spülte mit dem lauwarmen Wasser aus dem orangenen Plastikbecher nach. Er musste husten. Der braune Risotto-Matsch landete auf seinem ausgewaschenen Hemd. Hastig versuchte er mit einer Serviette, das Gröbste abzuwischen und wieder zu Luft zu kommen. „Jung, wat ist denn mit dir los? Ein Happen nachm anderen. Hier ist doch genuch für alle da, kein Grund zur Eile", sagte der haarige Mann neben ihm. Aber Linus hörte ihn schon nicht mehr. Seine Augen hatten den Jungen fixiert. An der Hand einer Frau verließ er den Speisesaal, in dem sich all jene tummelten, die sich kein eigenes Essen leisten konnten.

Carlos hatte ihm die blaue Karte mit seinem Namen besorgt. „Das bleibt unter uns, ich komm sonst in Teufels Küche", hatte er zu Linus gesagt. Sie tauschten Joint gegen Karte und saßen noch Stunden am Hafen. Die Karte ließ Linus jetzt in der Hosentasche seiner Cordhose verschwinden. Er hasste diese Hose, sie kratzte. Überall. Aber auch das spürte er jetzt nicht.

Vor den Stufen des Speisesaals blieb die Frau an der Hand des Jungen stehen. Sie telefonierte. Linus blieb wie versteinert hinter ihnen. Er wartete, doch der Junge drehte sich nicht um. Durch den Sucher sah er nur die braunen Haare auf dem kleinen Kopf. Die Frau begann sich zu verabschieden, gleich würden sie weitergehen. Er musste jetzt etwas tun. Etwas, was er noch nie zuvor getan hatte.

„Hey!", rief er laut. Der Junge und die Frau drehten sich zu ihm um.

Er drückte ab und rannte los. Die Stufen hinunter, an den beiden vorbei, rannte weiter, an der Schule und der Wäscherei vorbei, durch die Haustür, die Stufen hinauf. Drei mit einem Schritt. Und hörte nicht auf, bis ihn der Blick des Jungen wieder traf.

VIER

„Hallo, mein Name ist Linus Gehrmann. Ich bin Fotograf. Ich habe kürzlich mein neuestes Projekt abgeschlossen und wollte fragen, ob in Ihrer kommenden Ausstellung noch ein Platz frei wäre. Nein, das geht nicht", sagte Linus und knüllte auch diesen Zettel zusammen, warf ihn in die Ecke zu den anderen und begann von vorn: „Guten Tag", sagte er leise, als der Bleistift die Buchstaben im Gleichschritt auf das Papier malte. „Ich bin Fotograf. Ich würde Ihnen gerne mein neuestes Projekt für Ihre Ausstellung im August anbieten. Sie würde sich hervorragend in den Stil Ihres Hauses einfügen." Wenn er das Telefon in die Hand nahm, schüttelte er sich, atmete tief durch. Dann sagte er den Satz auf, war mehr Theaterspieler als Fotograf. Dabei ging er von der Matratze zum Tisch unter dem Fenster, in die Küche, zum Klo und zurück.

„Nein, das verstehe ich natürlich", hörte er sich sagen. „Natürlich, ja klar. Einen schönen Ta" – der Mann am anderen Ende hatte aufgelegt.

„Prätentiöses Arschloch!", schrie Linus und warf das tutende Telefon gegen die Wand. Er strich den Namen des Arschlochs auf seiner Liste durch. Es blieben nur noch fünf. Er musste sich ein neues Telefon kaufen.

FÜNF

Sie lernten sich an der Bushaltestelle kennen. Der erste Bus kam nicht, wegen des Unwetters, der zweite wegen des Staus durch das Unwetter und beim Dritten machte sich der Verkehrsverband erst gar nicht die Mühe, den Grund zu nennen. Also saßen sie fest unter dem gläsernen Dach der Haltestelle. Auf der Straße wurde der Regen zu einem Fluss, der leere Trinkbecher, Zigarettenstummel und Papiertüten mit sich riss. Linus war gleichermaßen froh wie enttäuscht, seine Kamera zuhause gelassen zu haben. Er hatte sein Gesicht zwischen Schirmmütze und dem Kragen der Lederjacke, die er sonst nie geschlossen trug, versteckt. Doch dem Mann im Mantel war das egal. Linus hatte ihn erst für einen Spinner gehalten, war ganz an den Rand der Bank aus Metall gerutscht. In dieser Stadt tummelten sie sich, die Menschen, die einfach zu reden begannen und bei denen man nicht wusste, ob sie die Person vor sich oder die Stimmen in ihrem Kopf meinten, wenn sie plötzlich lachten oder schrien oder anfingen zu weinen. Doch er hatte ihn gemeint. Linus.

„Dieses Wetter macht depressiv", sagte der Mann. Sein schwarzer Mantel hing ihm bis in die Kniekehlen, den Kragen hatte er aufgestellt.

Linus wusste nicht, was er sagen sollte, also sagte er nichts.

„Du siehst blass aus. Hast du Hunger?", fragte der Mann und zog ein Karamellbonbon aus der Innentasche seines Mantels.

„Hab keinen Hunger", sagte Linus leise. Er suchte auf dem Boden nach einem Punkt, an dem sich seine Augen festhalten konnten. Zahnstocher, Strohhalm, Kaugummi. Er entschied sich für das Kaugummi.

„Dann nicht", sagte der Mann, drehte die goldene Folie gekonnt zwischen Daumen und Zeigefinger und schob sich das Bonbon in den Mund, ohne es zu berühren. „Was machst du so?", fragte der Mann, und Linus war überfordert, denn außer mit Carlos sprach er mit niemandem. Von Frau Domanski ließ er sich in regelmäßigen Abständen im Hausflur anschreien, aber ansonsten beschränkte sich seine Kommunikation mit der Außenwelt auf die mit seinem Vermieter. Und die verlief ausschließlich schriftlich und ausschließlich in eine Richtung.

Der Mann hatte sich jetzt neben ihn gesetzt.

„Ich bin Fotograf", sagte Linus so leise, dass seine Worte nicht gegen den Regen ankamen. „Was?", fragte der Mann.

„Ich bin Fotograf", sagte Linus.

„Eine vergessene Kunst. Es ist eine Schande", sagte der Mann.

„Ja", sagte Linus. „Ja, das finde ich auch."

„Was fotografierst du?", fragte der Mann und folgte Linus Blick bis zum Kaugummi.

„Das lässt sich nicht beschreiben."

Sie starrten nun beide auf die weiß-rosafarbene Masse, die sich mit jedem Tritt weiter in den Asphalt gefressen hatte. „Sowas?", fragte der Mann und bewegte sein Kinn in Richtung Kaugummi. Linus hob ruckartig den Kopf. Sein Sitznachbar war gar nicht so viel älter als er, vielleicht dreißig. Er hatte eine Narbe in der Augenbraue. Die braunen Haare waren wie zweigeteilt.

„Nein", sagte Linus etwas zu laut.

Der Mann lächelte. „Was denn dann?"

„Komm mit", sagte Linus und war von sich selbst überrascht. Am liebsten hätte er die Worte eingefangen oder wäre durch den Regen weggerannt. Aber der Mann war schon aufgestanden, hatte seinen Mantel ausgezogen, ihn mit ausgestreckten Armen über sich gehalten und Linus mit einer Kopfbewegung angeboten, den Platz neben ihm einzunehmen.

In ihren Schuhen waren jetzt kleine Seen, jeder Schritt klang wie der Sprung in eine Pfütze. Frau Domanski würde sie bestimmt gerade durch den Türspion beobachten und nachher fluchend die Treppen trocken schrubben. Vor seiner Wohnung legte sich die Panik wie ein Strick um Linus Hals. Aber es war zu spät, er war hier und er wollte sie sehen.

„Nett hast du´s hier", sagte der Mann, als er seinen tropfenden Mantel über den Stuhl in der Küche hing.

„Ist ok", sagte Linus und tat, als würde er das Lachen des Mannes überhören.

„Also, wo sind sie?", fragte der Mann und der Strick um Linus Hals wurde enger.

„Hier", sagte Linus und sein Finger zeigte auf die Tür der Abstellkammer neben dem vergilbten Kühlschrank. Der Mann legte seine Hand auf den Türgriff, und als Linus nicht protestierte, drückte er ihn hinunter und trat in den schmalen Raum voller Gesichter.

„Sowas habe ich noch nie gesehen."

Linus zog den Kragen seiner Lederjacke nach unten, als sei er der Strick, der ihm die Luft nahm.

„Du erkennst Leid, wenn du es siehst, oder?"

Linus antwortete nicht, seine Hand rutschte vom Kragen.

„Was sind ihre Geschichten?"

Der Strick war verschwunden. Er hatte es verstanden, er sah, was er gesehen hatte. Linus suchte nach Worten, versuchte sie zu sortieren, er wollte es nicht kaputt machen.

„Also, die hier, die Frau mit dem Perlenschmuck? Ich glaube, sie hatte eine Fehlgeburt, aber spricht mit keinem darüber. Und er hier, der kleine Junge, siehst du den blauen Fleck an seiner Schläfe und die Narbe am Hals? Ich denke seine Eltern misshandeln ihn. Ich habe ihn bei der Tafel entdeckt. Und er, der Mann an der Haltestelle hier, ich glaube, er ist pädophil. Jeden Tag steht er an der Schule. Immer beobachtet er ein anderes Kind."

Der Mann ohne Mantel nickte, sah jedem einzelnen, der hier hing, in die Augen. „Gibt es noch mehr?"

„Ja, ich habe Kisten voll, ich fotografiere sie seit vier Jahren, ich kann sie dir zeigen."

Der Mann winkte ab, ging wieder in die Küche und streifte sich seinen nassen Mantel wie eine schwere Rüstung über. Aus der Tasche holte er eine Karte aus Papier, sie war eingerissen und durchnässt, aber die Buchstaben noch erkennbar. Dann war er verschwunden.

SECHS

Im Internet hatte Linus sich ein Video angeschaut: „How to: Krawatte binden. In sechs Schritten zum perfekten Look." Nachdem er dreimal den Wiederholbutton gedrückt hatte und beim Versuch, die Schlaufe über den Kopf zu ziehen, erst am Kinn und dann an der Nase hängen geblieben war, gab er auf. Die Krawatte warf er auf den Stuhl neben dem Tisch, an dem er nie saß. Der Anzug, den er sich von Carlos geliehen hatte, musste reichen. Er war ihm auffallend zu groß, aber Carlos hatte gesagt, over-sized sei in, und weil Carlos beliebt und gutaussehend war, hatte er ihm geglaubt. Seit einigen Tagen hatte er nicht geraucht und auch nichts mehr getrunken. Er hatte die Abzüge von der Wäscheleine genommen und behutsam in die Mappe aus Leder gelegt. Seit vier Jahren wartete sie geduldig in der Schreibtischschublade auf ihren Moment. Jetzt war er gekommen. Die dicken Laken, mit denen Linus die Wohnung für seine Arbeit abdunkelte, waren verstaubt, wie ein schwarzes Knäul lagen sie in der Ecke des Zimmers, in dem eine Matratze, ein Tisch, ein Stuhl und eine Kleiderstange zum ersten Mal von natürlichem Licht berührt waren. Seit vier Jahren und drei Monaten lebte er nun hier und hatte zum ersten Mal in der Nacht die Fenster geöffnet. Er war überrascht, wie viele Vögel in dieser Stadt des Mülls lebten und sich fröhlich unterhielten, wenn die Sonne aufging. Das Einschlafen fiel ihm jetzt nicht mehr schwer und er war sogar essen gewesen. Spaghetti mit Tomatensoße. Der Teller sah aus wie gespült, als der Kellner ihn abräumte.

Linus warf einen letzten Blick in den Spiegel, strich sich die Locke aus dem Gesicht hinter das Ohr. Beim Rasieren hatte er sich geschnitten, direkt neben seiner Narbe am Kinn. Er redete sich ein, dadurch verwegen und geheimnisvoll und nicht wie ein Vollidiot im zu übergroßen Anzug auszusehen. Er machte den obersten Knopf seines Hemdes zu, klemmte sich die Mappe unter den Arm und schloss die Tür hinter sich.

Als er den Brief in der Hand hielt, wurde alles schwarz.

Er hatte nie nach seiner Post geschaut, hatte meistens gewartet, bis Frau Domanski sie mit dem nachgemachten Schlüssel aus dem überquellenden Briefkasten genommen und zu ihm raufgebracht hatte.

„Herr Schulze hat dir geschrieben. Mal wieder die Miete nicht gezahlt, was?", sagte sie jedes Mal, und er ließ sie reden, denn in diesen Momenten sah sie wirklich zufrieden, ja beinahe glücklich aus.

Doch heute hatte er den kleinen schwarzen Schlüssel mitgenommen, weil Menschen das so taten, sie schauten nach ihrer Post. Er sah die Buchstaben aus Tinte vor sich jetzt so, als hätte jemand ein Glas Milch über sie geschüttet.

„Lieber Linus,

deine Mutter ist gestern von uns gegangen. Sie hat jetzt keine Schmerzen mehr. Sie hat viel an dich gedacht. Sie wollte, dass ich Dir diesen Brief schreibe. Ich wünschte, sie wäre jetzt hier und würde mir dabei helfen, die richtigen Worte zu finden. Sie hätte Dich gern noch einmal gesehen. Studierst Du noch? Wir haben jetzt schon so lang nichts mehr von Dir gehört. Unser Anwalt braucht Deine Unterschrift. Sie will, dass

Du die Hälfte bekommst. Also die Hälfte von allem. Das ist sehr viel Geld und wir müssen sehen, was wir mit dem Grundstück und ihrem Atelier machen. Es hat sich viel verändert, seit Du weg bist. Deshalb müsstest Du herkommen.

Alles Liebe

Papa"

SIEBEN

Das Telefon hatte achtundfünfzigmal geklingelt, bis der Akku leer war. Die Klingel hatte fünfundzwanzigmal geschellt, und Carlos und der Mann im Mantel hatten eine Stunde im Hof geschrien, bis Frau Domenski sie reingelassen hatte. Dann hatte es noch siebenundsechzigmal an der Tür geklopft, bis es endlich still wurde. Linus lag auf der Matratze, sie trug zum ersten Mal seit Monaten ein Laken und er zum ersten Mal in seinem Leben einen Anzug. Dreimal wurde es hell und wieder dunkel und er hatte sich nicht bewegt, bis er die Stimme seines Vaters an der Tür hörte.

„Oh Gott, wie siehst du denn aus?", sagte sein Vater, als Linus die Tür öffnete. Sein Blick war ehrlich schockiert. Carlos Anzug hing in Falten an seinem schmalen Körper. Er roch jetzt seinen Atem und verzog das Gesicht.

„Es tut mir leid, ich hätte keinen Brief schreiben, sondern gleich herfahren sollen", sagte sein Vater und ging an ihm vorbei in die Wohnung. Linus ließ ihn passieren. Der Anzug, den sein Vater trug, kostete mehr, als die meisten in diesem Haus je im Monat verdienen würden. Er ging die drei Fenster nacheinander ab und öffnete sie weit. Dann nahm er die Krawatte vom Stuhl, faltete sie und setzte sich hin. Linus schwankte, er musste sich auch setzen. Er stolperte und landete auf der Matratze.

„Du siehst krank aus. Bist du krank?"

Linus schüttelte den Kopf.

„Ich hole dir was zu trinken. Hast du Essen da? Du verschwindest ja in diesem Anzug." Linus hörte, wie sein Vater ein Glas spülte und dann Leitungswasser laufen ließ. Er hörte, wie er den Kühlschrank öffnete und schnell wieder schloss. Sein Vater kam zurück in das Zimmer, er bemühte sich wirklich, sein Entsetzen zu verbergen. Er war alt geworden, seit Linus in jener Nacht im April einfach gefahren war. Aber er sah immer noch gut aus, seine grauen Schläfen waren wie silberner Schmuck auf der gebräunten Haut. Es würde ihm leicht fallen, eine neue Frau zu finden. In Linus Bauch drehte es sich. Säure bahnte sich ihren Weg die Speiseröhre hinauf. Er begann zu würgen.

„Oh Gott, hier!", rief sein Vater, hielt ihm mit der linken Hand den Rücken und mit der rechten das Wasserglas hin. Seine Finger lagen jetzt direkt auf Linus Knochen. Es war, als würde sie nur Carlos Anzug trennen. Linus wusste, dass er es auch spürte, als er die Hand ruckartig zurückzog und seine Mundwinkel zwang, ein Lächeln zu formen.

„Was hältst du davon: Ich gehe einkaufen, besorge dir einige Dinge, die man so braucht, und vielleicht Nudeln mit Tomatensoße von dem Italiener da hinten gegenüber der Wäscherei, das mochtest du doch so gern. Und du gehst duschen. Aber schön langsam, nicht, dass du dich stößt."

Er sah ihr blondes Haar in den Spaghetti und ihre rot geschminkten Lippen in der Tomatensoße. Auf einmal hasste er diese Nudeln. Er hasste sie abgrundtief. Er nahm die Gabel und begann zu schaufeln, immer schneller, bis der Teller leer war und sein T-Shirt mit roten Flecken bespritzt. Sein Vater, der am Kühlschrank lehnend das Massaker beobachtet hatte, drehte sich jetzt um und ging ins Schlafzimmer. Linus hörte, wie er zu weinen begann, und am liebsten hätte er die Spaghetti aus seinem Magen gezogen, jede einzeln an ihren Platz auf dem Teller zurückgelegt. Das Schluchzen wurde lauter. Nie hatte er seinen Vater weinen sehen. Es schien ihm immer gut zu gehen. Der lebende Beweis dafür, dass Geld glücklich machte. Mit dem besprenkelten Shirt wischte Linus sich den Mund ab, stand auf und nahm die Kamera, die noch immer auf dem Küchentisch lag, dort, wo sie auf ihn warten sollte, bis er als neuer Mensch zu ihr zurückkehrte. Seine Hand begrüßte sie wie eine alte Freundin, als er den Auslöser spannte. Leise ging er in das Schlafzimmer, stellte sich breitbeinig auf die einzigen beiden Dielen, die nicht laut knarzten, sah seinen Vater durch den Sucher, gab ein kurzes Husten von sich, und als sein Vater den Blick hob, drückte Linus ab.

ACHT

Carlos war erst wütend gewesen, war aufgesprungen und hatte geflucht, auf Deutsch und auf Italienisch, obwohl er das gar nicht sprach. Er war auf und ab gegangen, hatte von Verrat gesprochen und dass ihn immer alle verlassen würden. Linus war sitzen geblieben, hatte die Füße über dem schwarzen Wasser im Hafenbecken baumeln lassen, in dem ein toter Fischkörper, der aufgeplatzt war und Blick auf jedes seiner Gedärme bot, zwischen einem Meer aus Zigarettenstummeln trieb, und am Ende hatten sie sich einen Joint geteilt und in den Arm genommen, als Linus den Anzug zurück und Carlos das Versprechen gab, ihm Postkarten zu schreiben und besuchen zu kommen.

Seine Sachen passten in drei Kisten, und eine ganze brauchte es für die schwarzen Laken. Der Stuhl stand jetzt verloren im Raum, die Matratze hatte er an die Wand gestellt. Er nahm die Kamera, spannte den Abzug, stellte sie auf das Stativ gegenüber des Stuhls, auf dem vor drei Wochen noch sein Vater geweint hatte. Er nahm den Auslöser an dem schwarzen Kabel, setzte sich auf den Stuhl, blickte in die Kamera und drückte ab.

Ljuba Naminova:
Demento mori

Wenn ich morgens die Augen öffne, hat sich nichts verändert. Alles ist noch an seinem Platz: Die Ente aus Keramik im Flügelschlag, Ernas Porzellantierchen, das eingeschlossene Luftbläschen in der Mitte meines Fensters, fremde Menschen, die vom Fotokalender auf mich herabblicken, der Katheder in meinem Pimmel.

An der Wand tickt die Uhr meines Großvaters. Es ist 7:00 Uhr morgens und mein Zimmer riecht nach Arthrosesalbe und Tigerbalsam.

Zum Frühstück macht Erna jeden Morgen das Gleiche: Toast, Cervelatwurst, eine Tomate in Scheiben, eine halbe Banane und dazu löslichen Kaffee in meinem Lieblingsbecher, den mit dem Stier drauf. Erna gibt mir nie richtiges Brot zu essen. „Das ist zu hart für dein Gebiss", sagt sie.

Erna ist manchmal vergesslich. Ich kann es nicht leiden, wenn sie die Butter vergisst. Dann schmeckt der Toast papptrocken. Ich sage ihr trotzdem nie was, ich will sie nicht beleidigen.

„Iss mal!", sagt Erna. „Damit du Kraft hast!" Ich würge den Toast mit einem Schluck Tee hinunter - kein Appetit.

Nur zurück ins Bett, die Bettdecke über den Kopf ziehen, die Augen zu machen, von Ernas Pobacken träumen.

Ich habe bei Ernas Eltern um ihre Hand angehalten. Mama hat gesagt: „Wenn du das Mädchen liebst, darfst du sie nicht warten lassen!" Erna hat kein Hochzeitskleid, Kleider gibt es selten zu kaufen. Mir ist es egal, Erna hat sich damit abgefunden. Sie hat sich ein rotes Kleid mit weißen Punkten von ihrer Cousine geliehen, die ein Strich in der Landschaft ist. Das Kleid umspielt jede von Ernas Rundungen. Beim Laufen heben und senken sich ihre Pobacken. Ich male mir aus, wie ich sie später streicheln werde wie zwei samtige Aprikosen.

Später dann ihre weißen Brüste mit den ausufernden Brustwarzen, die aus dem Ausschnitt ihres Sommerkleids quellen wie Teig - unsere Tochter, die gierig an ihnen saugt.

Erna kommt und drückt mir den Trinkbecher an die Lippen. „Vergiss nicht zu trinken!". Ich verschlucke mich und muss husten.

Papa ist heute zu Hause geblieben, denn es ist sein freier Tag. Jemand klopft laut an die Haustür. Mama macht auf. Zwei Männer in Uniform blicken streng in Papas Richtung. Sie sagen, er ist verhaftet. Papa blickt Mama kurz in die Augen, dann fällt sein Blick zu Boden. Er beugt sich zu mir und meinem älteren Bruder David hinunter und sagt: "Das ist bestimmt ein Fehler, der aufgeklärt wird. Ich komme bald wieder nach Hause!" Er umarmt uns und ich rieche das Heu und den Schweiß in seinem Hemd. Papa wird von den beiden Männern abgeführt.

Erna hat sich verändert. Als wäre sie gewachsen, vielleicht hat sie auch einfach abgenommen. Sie redet auch mehr mit mir. Immer in freundlichem Ton. Das Gemecker von früher ist verschwunden. Vielleicht hat das Alter sie milder gestimmt. Immer wenn sie den Raum verlässt, schaue ich ihr auf die Pobacken. Die wackeln so schön beim Gehen, das mag ich. Sie sind noch praller als früher. Erna hat sich wirklich gut gehalten für ihr Alter! Wenn ich gut drauf bin, sage ich ihr, wie schön sie ist. Erna errötet dann.

An manchen Tagen stehen fremde Leute an meinem Bett und lächeln mich an. „Wer sind Sie?", frage ich dann. „Anna und Alexander, deine Enkelkinder", sagen sie. Ich habe keine Enkel. Die Betrüger von heute werden immer schlauer, aber ich lasse mir nichts anmerken und bleibe ruhig.

Erna kommt und bringt mir Nudelsuppe. Sie schmeckt ganz wie bei Mutter, mit selbstgemachten Fadennudeln und kleingehackter Petersilie in der Brühe. „Hast du schon gesehen?" sage ich zu Erna. „Anna und Alexander sind hier, meine Enkelkinder." Ich zwinkere ihr zu.

Gleich ist es halb vier. Dann kommt dieser Mann wieder, der mit mir Doppelkopf spielt. Er hat eine tiefe Falte zwischen den Augenbrauen. Er behauptet, er sei mein Schwiegersohn, dabei habe ich gar keine Kinder. Wenn er Glück hat, lasse ich ihn manchmal gewinnen. Ich weiß nicht, welche Absichten er hat, aber er kommt jeden Tag wieder. Erst dachte ich, er wollte mich bestehlen, aber meistens bringt er mir sogar etwas mit: ein Stückchen Kuchen, frische Kirschen, die neueste Zeitung. Vielleicht ist das auch ein Ablenkungsmanöver von ihm. Ich glaube aber eher, dass er ziemlich einsam ist.

Erna spielt nie mit mir Karten. Sie bringt mir das Essen und badet mich einmal die Woche. Ich mag es am liebsten, wenn sie meinen Rücken schrubbt und mir danach die Zehennägel schneidet.

Erna im Birkenhain, schwarz-weiß gestreift von der flackernden Sonne, aus ihrem blonden Zopf haben sich einige Strähnen gelöst, meine Hand gleitet unter ihr Kleid. Sie hält die Augen geschlossen und atmet in mein Ohr.

Nachts wache ich davon auf, dass ich zittere. Es ist dunkel und eisig kalt. Ich kann meine Zehen nicht spüren und meine Hände sind zu Fäusten verkrampft. Ich habe keine Kraft zum Aufzustehen. Die Glut im Kamin ist erloschen. An der Fensterscheibe haben sich Eisbilder geformt. Ich habe keine Decke, nur einen löcherigen Pullover, der mir bis zum Bauchnabel reicht. Es ist schon einige Jahre her, dass meine Mutter ihn mir gestrickt hat. Ich ziehe ihn nie aus, selbst wenn ich schlafen gehe. Im Winter wasche ich mich nicht, um den Pullover nicht ausziehen zu müssen.

Um mich warm zu halten, schlafe ich gekrümmt und ziehe meine Knie an die Brust. Beim Einschlafen stelle ich mir vor, wie ich in neuen gefütterten Stiefeln am lodernden Kamin sitze und süßen schwarzen Tee trinke.

Heute feiern wir unseren Abschluss, doch ich werde nicht kommen. Ich bin fünfzehn und habe acht Klassen beendet. Im Herbst beginnt meine Ausbildung zum Buchhalter. Frau Haase bittet jeden Schüler eine Tasse Mehl mitzubringen, um gemeinsam zu backen. Meine Mutter sagt, sie hat keins mehr.

Wieder stehen fremde Menschen an meinem Bett, ein junges Paar. Sie hält ein kleines Kind auf dem Arm, er lächelt blöde wie ein Schaf. Sie sagt, sie sei meine Enkelin, dabei habe ich doch noch nicht mal Kinder. Das Kind sieht kränklich aus, viel zu dünn und mit einem Wasserkopf.

Wenn das mein Urenkel sein soll, dann habe ich ihn mir schöner vorgestellt. Ich bin mir sicher, sie wollen mich austricksen, um an mein Geld kommen. Damit sie keinen Verdacht schöpfen, tue ich so, als ob ich sie kennen würde. Erna erzähle ich nichts, damit sie sich keine Sorgen macht.

Morgens müssen wir früh raus, noch bevor die Sonne aufgegangen ist. Draußen sind es minus dreißig Grad, und in der Steppe gibt es kein Brennholz. Die Kinder schlafen noch. Erna hat bereits ihre übergroße Steppjacke und die zerschlissenen Filzstiefel an. Sie hat schwarze Flecken auf der Nase vom Frost. Ich ziehe mir die Fellmütze über die Ohren und mache den Gaul fertig.

Erna und ich stehen bis zum Bauchnabel im Schnee und schlagen mit der Sense Schilfrohr, anderes Brennbares gibt es nicht. Jeden Sonntag arbeiten wir am See in der Steppe, um genug Schilf für die Woche nach Hause zu schaffen. Andernfalls erfrieren wir.

In der Steppe ist es immer windig und das nasse Schilfrohr fliegt uns um die Ohren. Wir binden es mit Schnüren zusammen und beladen den Karren. Es dauert den ganzen Tag. Zu Hause verstauen wir das nasse Schilfrohr in der Wohnstube. Es tropft, und wenn wir damit den Kamin befeuern, steigt schwarzer Qualm auf und die Kinder kriegen Hustenanfälle. Aber besser husten als erfrieren. Erna sagt: „Wenn ich nur einen Wunsch frei hätte - ich würde nie wieder ins Schilf gehen!"

Heute kam Erna lächelnd ins Zimmer.

„Alles Gute zum Geburtstag, Kornelius! Weißt du, wie alt du geworden bist?"

„Natürlich weiß ich das, 72!"

„Nein, Kornelius, du bist heute 92 geworden!"

Erna wird langsam dement, ich lasse sie in dem Glauben, Recht zu haben.

Papa hat gesagt, er kommt wieder, aber nun ist bereits das fünfte Jahr vergangen. David hat sich nachts im Winter in der Steppe verirrt. Man fand ihn am nächsten Morgen, steif gefroren und mit einem Lächeln im Gesicht, keinen halben Kilometer vom Dorf entfernt.

Eines Tages kam ein Mann zu uns nach Hause. Er sagte zu Mama:

„Warten Sie nicht mehr auf Ihren Mann. Mehr darf ich nicht sagen." Er verschwand schnell durch die Hintertür. Mama saß danach am Küchentisch und schluchzte.

Mama hat Papas einzigen Anzug aufbewahrt. Er ist dunkelgrau und viel zu groß für mich. Mama steigt auf einen Stuhl und holt ihn aus einer Kiste vom Schrank. Eine Nachbarin passt mir den Anzug an und kürzt die Hosenbeine. Ich fühle mich wie der reichste Mann der Welt als ich damit auf die Straße gehe. Das halbe Dorf dreht sich nach mir um. Ich pflücke einen Strauß Flieder aus unserem Garten und bringe ihn Erna. Sie schlägt die Augen nieder und unter den Sommersprossen auf ihren Wangen zeichnen sich rote Flecken ab.

Erna kommt zu mir ans Bett. Neben ihr steht ein Unbekannter, der eine tiefe Falte zwischen den Augen hat. Ich habe ihn nie zuvor gesehen. Er schaut besorgt. Ich spüre die Schwielen von Ernas Fingern in meiner Hand.

„Erna ist gestern Nacht von uns gegangen" sagt Erna mit tränenfeuchten Augen. Ich gucke sie an. Was redet sie da? Meine arme Erna. Sie wird alt. Ich schweige, ich will es ihr nicht ins Gesicht sagen. Was bringt es schon?

„Sie schlief friedlich im Krankenhaus in meinem Beisein ein", sagt der Unbekannte. „Sie hatte keine Schmerzen". Die Art und Weise, wie er seine Augen zusammenkneift, kommt mir bekannt vor. Die Falte zwischen seinen Augen erinnert mich an den ausgetrockneten Bach in unserem Dorf. Woher kenne ich diesen Mann?

Als ich früher als sonst von der Arbeit nach Hause komme und die Wohnzimmertür öffne, sehe ich Erna blitzschnell ins benachbarte Zimmer huschen. Überrascht von ihrem Verhalten, gehe ich ihr nach. Sie sitzt auf dem grünen Sofa, hält ihre Stricksachen in den Händen und lächelt mich an. Das Fenster zum Garten hin ist geöffnet. Ich höre ein Knacken von draußen - plötzlich wird mir eiskalt und ich stürze zum Fenster - nichts!

„Wer war hier?", schreie ich.

„Was meinst du?", fragt Erna in verblüfftem Ton.

„Der Mann!"

„Welcher Mann?"

„Der, von dem du dich ficken lässt!"

„Kornelius! Jetzt lass das sein!"

„Du Hure!"

Ich schreie und mein Schrei geht in Schluchzen über. Ich zerschlage Ernas Eisbären aus Porzellan, den sie von ihrem Vater als Kind geschenkt bekommen hat. Ich weiß, dass sie an dieser Figur am meisten hängt.

Er legt seinen Arm um Ernas Taille und lässt ihn einen Augenblick zu lange dort liegen. Dann tätschelt er ihren Rücken. „Mama ist jetzt im Himmel und es geht ihr dort besser", sagt der Mann mit der Falte zu Erna.

Wenn er so weiter macht, dann kriegt er eine aufs Maul!

Yves Bellinghausen:
Bobiatovs letztes Spiel

Bobiatov

An dem Tag, an dem Sergej Bobiatov seine Karriere beenden wird, starrt er kurz nach dem Aufwachen in der Senior Suite der Villa Magna an die olivgrüne Decke über seinem Bett und fragt sich, ob es schon zu spät ist. Hat er den Wecker überhört oder ist er heute entgegen seiner Gewohnheit vor dem Wecker aufgewacht? Einige Sekunden liegt er reglos da, dann schaut er auf die Patek Philippe, die er auch zum Schlafen nicht vom Handgelenk nimmt. 7:54 Uhr. Bobiatov richtet sich auf, steigt in die Schlappen neben seinem Bett und schlurft ins Bad.

Die Villa Magna, das teuerste Hotel von Madrid, ist eines von diesen Nobelhotels, die als „modern, hell und luxuriös" beworben werden, aber im Klartext heißt das natürlich: Bauhauseinrichtung und Popart-Kunst an den Wänden. Bobiatov hat den Marilyn-Diptych-Kunstnachdruck, der über seinem Bett hing, von der Wand genommen und im Kleiderschrank verstaut.

Mit der Zahnbürste in der Hand kommt Bobiatov aus dem Bad zurück und stellt sich an den aufdringlich filigranen Schreibtisch in seiner Senior-Suite. Auf dem Tisch steht ein Schachbrett. Aufgebaut ist die Stellung, die er heute spielen wird. Bobiatov, seit zwanzig Jahren bester Schachspieler der Welt, wird heute um 10 Uhr die spektakulärste und letzte Partie seiner Karriere spielen. Es ist die finale Partie der Schach-

WM. Eine Schach-WM ist ein Duell zwischen nur zwei Spielern: dem Titelverteidiger und seinem Herausforderer. Bobiatov hat schon sechs Partien gewonnen, sein Herausforderer erst fünf. Eine Schach-WM ohne ein einziges Remis – das hat es bislang noch nie gegeben. Heute spielen sie die zwölfte Partie. Selbst wenn die Partie mit einem Remis endet, bleibt Bobiatov Weltmeister. Eigentlich eine komfortable Position. Aber diese WM ist wie keine zuvor.

Noch nie war das Interesse an einer Schach-WM so groß. Zeitungen aus Mumbai und New York haben ihre Reporter nach Madrid geschickt, um das Spektakel zu begleiten, und das liegt nicht an Bobiatov. Es liegt an seinem bislang völlig unbekannten Herausforderer: ein großer, schlaksiger Mann, der sich einfach nur Zacharias nennt. Er sagt, er habe keinen Nachnamen, und außerdem behauptet er, er kenne sein genaues Geburtsdatum nicht, weil seine Eltern, als er zur Welt kam, im Regenwald von Borneo lebten, wo sie weder Uhr noch Kalender zur Hand hatten. Dieser alters- und nachnamenlose Zacharias spielte dreiundzwanzig Jahre lang jeden Tag im Jardin du Luxembourg, dem schönsten Park seiner Heimatstadt Paris.

Dort ist er der Lokalmatador. Vor einigen Wochen schickte Le Parisien einen Reporter in den Jardin du Luxembourg, um sich unter den Schachspielern dort umzuhören. Ja, man kenne diesen Zacharias, sagte man dem Reporter, er komme tatsächlich seit dreiundzwanzig Jahren jeden Tag zum Schachspielen her, auch im Winter. Nein, man kenne seinen Nachnamen nicht, und die Sache mit der Geburt im Regenwald von Borneo, die habe er auch hier erzählt. Zacharias spiele sehr gut, mit Weiß eröffnet er stets italienisch, mit Schwarz spielt er nach Möglichkeit die königsindische Verteidigung – aber dass er einmal gegen Bobiatov in der Schach-WM spielen würde, das hätten auch seine Schachfreunde aus dem Jardin du Luxembourg nicht für möglich gehalten.

Bobiatov weiß genau, was dieser Zacharias heute wieder abziehen wird. Er spielt es trotzdem noch mal an dem Schachbrett in seiner Suite nach. Bobiatov wird mit Schwarz spielen. Zacharias wird, wie immer, wenn er Weiß spielt, italienisch eröffnen. Dann wird er versuchen, die Fried-Liver-Attacke zu spielen, was an sich schon unerhört ist, weil die Fried-Liver-Attacke eine Eröffnungsfalle ist, mit der man Amateure abzieht. Bobiatov wird die Fried-Liver-Attacke mit dem Traxler-Gegenangriff abwehren, und ab da wird Zacharias versuchen, ihn mit irrlichternd aggressivem Temposchach in die Ecke zu drängen. So verläuft jede Partie, wenn Zacharias mit Weiß spielt. Bobiatov geht ins Bad, spuckt die Zahnpasta aus und holt sein Handy aus der Tasche. Ein letztes Mal versucht er noch, seine Frau zu erreichen. Diesmal geht sie ran.

„Was ist?"

„Ich glaube, du bist die einzige Person auf der Welt, die sich nicht für dieses Spiel interessiert."

„Wenn ich noch einmal das Wort Fried-Liver-Attacke höre, dann bring ich mich um."

Vor zwei Jahren schickte seine Frau ihn in eine hübsche Kurklinik am Schwarzen Meer. Wenigstens einen Monat lang sollte er mal an was anderes denken als an Schach. Aber da war nichts, an das Bobiatov hätte denken können. Dafür geht jetzt im Schachverband das Gerücht um, dass er nicht mehr ganz dicht sei. In der Schachgeschichte sind ja schon einige Großmeister durchgedreht: Paul Morphy und Bobby Fischer verloren sich in ihrer Paranoia, und Wilhelm Steinitz und Carlos Torre landeten in der Psychiatrie.

Es klopft. Bobiatov legt auf und öffnet die Tür: Da steht sein Manager, mit diesem dümmlichen Grinsen im Gesicht, das Bobiatov so hasst.

„Bist du bereit?", fragt Bobiatovs Manager.

„Hast du den Veranstaltern gesagt, dass sie nochmal kontrollieren sollen, ob Zacharias pfuscht?", fragt Bobiatov.

„Ich habe dir schon gesagt, dass das nicht geht, sonst wirkt es so, also hätten wir Angst, zu verlieren."

„Niemand kennt diesen Mann! Er spielt immer die gleiche Eröffnung, weil er sich mit anderen Eröffnungen nicht auskennt! Und später in der Partie spielt er Züge, die sonst nur Schachcomputer spielen!"

„Mein Großer, ich weiß, dass du nervös bist." Bobiatovs Manager, der zwei Köpfe kleiner als Bobiatov ist, streckt die Hand nach oben und versucht, Bobiatov durch die Haare zu wuscheln. Sofort schlägt Bobiatov die Hand weg.

„Spinnst du?", brüllt er. „Verpiss dich jetzt!"

Bobiatov ist nicht der Einzige, der sich fragt, wie das sein kann: Wie es

sein kann, dass Zacharias, ein Mann mittleren Alters, der jahrzehnte-
lang gegen Amateure gespielt hat, jetzt plötzlich bei einer Schach-WM
antritt. Auch die Zeitungen munkeln schon, dass mit diesem Zacharias irgendwas nicht stimmt. Aber die Kontrollen sind streng bei einer
Schach-WM. Man kann nicht einfach bei einer kniffligen Situation auf
Toilette gehen und die Stellung heimlich mit dem Handy analysieren.
Vielleicht ist dieser Zacharias einfach ein Wunder, und weil die Menschen Wunder lieben, ist er auch noch Publikumsliebling.

In den Neunzigern, da war Bobiatov noch der Publikumsliebling: Den
Magier aus Moskau nannten sie ihn. Er hat die Hippopotamus-Er-
öffnung wieder großgemacht. Aber heute nennen sie seinen Spielstil
„anachronistisch". Auf dem Nachttisch liegt ein Artikel, den er gestern
aus der New York Times gerissen hat: „Jeder Sieg von Bobiatov ist eine
Niederlage für die Schachwelt", heißt es darin. Bobiatov lässt sich wieder in sein Bett fallen und tastet seine Tränensäcke ab.

Zacharias

Drei Etagen unter Bobiatovs Senior Suite steht Zacharias nackt im Badezimmer seiner Junior Suite. Mit der linken Hand hält er sich das Handy ans Ohr, mit der Rechten fummelt er an der Rückseite seiner Hoden
herum, da, wo sein rechter Hoden in den Damm übergeht.

„OK, jetzt G7", nuschelt er ins Handy. „Ja, funktioniert."

Zacharias schraubt die Pattex-Tube zu, mit der er sich einen Kurzwel-
len-Empfänger, klein wie eine Knopfbatterie, hinter den rechten Hoden
geklebt hat, und zieht sich wieder an. Ein letztes Mal muss die Masche
noch funktionieren. Sie hat schon beim Kandidatenturnier und bei den
letzten elf WM-Spielen funktioniert. Zacharias ist mit Sicherheit nicht
der beste Schachspieler der Welt, aber seine Komplizin Johannah vielleicht die klügste Hochstaplerin, von der er je gehört hat.

Vor zwei Jahren lernte Zacharias Johannah auf einer Fähre von Santorini nach Piräus kennen. Johannah, die ein Ferienhaus auf Santorini
besitzt, war gerade unterwegs nach Arosa, wo sie ein zweites Ferienhaus besitzt. Johannah macht die ganze Betrugspalette: vom Betrug
am Pfandautomaten bis zum Kreditkartenbetrug – Hauptsache, die
Idee ist originell. Auf der Fähre sah sie Zacharias, einen Mann in aus-

gebeultem Cord-Sakko, der auf dem Oberdeck in der Mittagssonne alleine vor einem Schachbrett saß und gegen sich selbst spielte, wie eine Stefan-Zweig-Romanfigur. Die anderen Passagiere schauten schon zu ihm rüber, auch Johannah beobachtete ihn für eine halbe Stunde, bevor sie zu ihm rüberkam. Ob sie sich dazusetzen dürfe? Was er denn auf Santorini so gemacht habe? Ob er nur gegen sich selbst spiele oder auch gegen andere Menschen? Das sollte ein Scherz sein, aber Zacharias verstand ihn nicht. Zacharias hatte schon seit Monaten, vielleicht seit Jahren nicht mehr mit einer Frau gesprochen. Anderthalb Stunden lang kämpfte Johannah sich durch den zähen Smalltalk mit Zacharias, bis sie ihm kurz vor Piräus sagte: „Ich bin professionelle Hochstaplerin und ich brauche jemanden wie dich für einen Millionen-Euro-Coup."

Sie reichte ihm ihre Karte: Auf der Vorderseite stand nur „J.", auf der Rückseite fünf Telefonnummern: jeweils eine mit griechischer, schweizer, spanischer, französischer und deutscher Vorwahlnummer.

„Ruf mich morgen um 12 Uhr an." Dann verschwand sie in der Menschenmenge, die sich zum Ausgang der Fähre drängte.

Zacharias blieb ein paar Minuten alleine vor seinem Schachbrett sitzen. Er schaute nochmal über die Reling, aber er konnte sie da unten in der Menschenmasse am Hafen nicht mehr ausmachen. Zacharias ging selbst von Bord, nahm ein Taxi zum Athener Flughafen und wartete auf seinen Rückflug, und noch bevor seine Maschine in Paris landete, war er entschlossen, am nächsten Tag um Punkt 12 Uhr bei Johannah anzurufen. Zwei Tage später kam Johannah nach Paris.

„Du kannst in meinem Bett schlafen", sagte Zacharias zu ihr, als er sie an der Metro-Station Odéon abholte, „ich schlafe auf der Isomatte in der Küche."

„Ich bin nicht privat hier", sagte Johannah und erklärte ihren Plan: Zacharias würde sich sofort für ein professionelles Schachturnier anmelden und sich einen kleinen Kurzwellenempfänger am Körper anbringen – möglichst gut versteckt, an seinem Hoden zum Beispiel. Johannah würde alle seine Partien live im Internet verfolgen. Sie würde alle Züge der Gegner in einen Schachcomputer eingeben, den stärksten Zug errechnen lassen und ihn dann direkt an Zacharias Hoden morsen. Der würde dann entsprechend vibrieren. Wenn Zacharias den Läufer auf G7 spielen sollte, dann würde der Empfänger an seinem Hoden kurz, lang, kurz, kurz vibrieren, eine Pause machen, dann lang, lang, kurz vibrieren, eine Pause machen und dann lang, lang, kurz, kurz, kurz vibrieren: LG7 heißt das im Morsealphabet. Läufer auf G7.

Zwei Jahre lang gewann er mit Johannahs Hilfe jedes Spiel bei professionellen Turnieren. „Lass uns darauf ein Glas Champagner trinken", sagte er nach jedem Sieg zu Johannah. Aber die musste immer sofort weiterfliegen: nach Zürich, Barcelona oder wohin auch immer. „Ich bin nicht privat hier." Mit Johannah fühlte er sich wie Estragon und Wladimir, die auf Godot warten. Vergangenes Jahr gewann er das Kandidatenturnier in Sankt Petersburg und qualifizierte sich so für die Schach-WM. „Französischer Wunderspieler fordert Bobiatov heraus" titelte Le Monde damals voller Nationalstolz – dabei war das Wunder nur ein fünfzehn Gramm schwerer Knopf hinter Zacharias rechtem Hoden.

Zacharias zieht sich sein Cord-Sakko über und verstaut die Pattex-Tube in dem Weekender, der auf seinem Bett liegt. Darin ist alles, was er hat: Elf Unterhosen, sieben Hemden, sieben Paar Socken, vier Schachbretter und ein bisschen Kleinkram. Sobald er die Schach-WM gewonnen hat, wird er die anderthalb Millionen Euro Preisgeld einsacken, die Hälfte an Johannah abgeben und dann abtauchen – vielleicht im Regenwald von Borneo.

Zacharias fasst sich ein letztes Mal an den rechten Hoden, alles sitzt. Er verlässt die Junior Suite und ruft den Aufzug. Als sich die Aufzugtüren öffnen, stehen da Bobiatov und sein Manager.

„Guten Morgen", sagt Bobiatovs Manager und lächelt Zacharias zu.

„Ich weiß, was du hier abziehst", sagt Bobiatov ernst.

„Reiß dich zusammen, Sergej", zischt sein Manager und legt Bobiatov die Hand auf die Schulter. Bobiatov starrt Zacharias an, sein Manager lächelt noch immer freundlich.

„Ich habe etwas in meinem Zimmer vergessen", sagt Zacharias und verlässt den Aufzug wieder. Bobiatov starrt Zacharias weiter stumm an, bis die Aufzugtüren sich wieder schließen. Zacharias rennt zurück in seine Suite, will Johannah anrufen, von ihr hören, dass alles gut werden wird – doch Johannah hat ihr Handy schon abgestellt.

Das Duell

Zacharias schaut auf die Uhr: In sechs Minuten muss er am Brett sitzen. Unten, im großen Veranstaltungsraum der Villa Magna warten die Schiedsrichter, die Zuschauer, Hunderte Reporter und Bobiatov. Irgendwas weiß der. Oder blufft er nur? Hat er vielleicht sogar Angst? Egal, schnell kaltes Wasser ins Gesicht, Griff hinter den rechten Hoden – dann verlässt Zacharias seine Suite wieder. Diesmal nimmt er die Treppe, schiebt sich vorbei an Schaulustigen und Reportern, bis er vor dem ersten Schiedsrichter steht.

„Taschen leeren", sagt der. Eine Standardprozedur, kein Grund zur Sorge. Zacharias holt Handy und Zimmerkarte aus seiner Hosentasche und legt sie in die blaue Plastikbox, die der Schiedsrichter ihm entgegenhält.

„Einmal die Arme ausbreiten", sagt ein zweiter Schiedsrichter und beginnt ihn abzutasten. Er klopf Zacharias Arme und Beine ab. Er prüft, ob da noch was in den Innentaschen von Zacharias Sakko ist, und bittet ihn, seine Schuhe auszuziehen. Aber welcher Schiedsrichter würde es sich schon erlauben, den rechten Hoden eines Großmeister zu inspizieren? Die beiden winken Zacharias durch.

Zacharias betritt den großen Veranstaltungsraum, höflicher Applaus im Publikum, die Kameras der Reporter blitzen. Am Brett sitzt Bobiatov. Er schaut Zacharias so starr an, als hätte er ihn seit der Begegnung im Aufzug nicht mehr aus den Augen gelassen. Zacharias versucht zu lächeln. Bobiatov steht auf, streckt Zacharias die Hand entgegen. Shakehands, dann setzen sich die beiden. Zacharias zieht den Königsbauern zwei Felder vor und klickt auf die Schachuhr – die Partie beginnt.

Zacharias eröffnet – wie immer, wenn er Weiß spielt – italienisch: Er kommt mit dem Königsspringer raus und zieht den weißfeldigen Läufer auf C4. Bobiatov zieht die beiden Springer vor die Bauernlinie. Das ist die Grundstellung, aus der heraus Weiß die Fried-Liver-Attacke wagen kann, und natürlich tut Zacharias genau das: Er zieht seinen Königsspringer ein weiteres Mal nach vorne und droht damit einen Gabelangriff auf Bobiatovs Turm und Dame an. Ein Anfänger sitzt jetzt schon in der Falle, denn ab hier sind alle naheliegenden Züge vermint. Aber Bobiatov, der ja schon wusste, dass Zacharias respektlos genug wäre, es schon wieder mit der Fried-Liver-Attacke zu versuchen, spielt, ohne auch nur eine Sekunde Bedenkzeit darauf zu verwenden, den Traxler-Gegenangriff: Er zieht seinen schwarzfeldigen Läufer auf C5 und droht, Zacharias Schach auf F2 zu geben. So weit, so erwartbar.

Zacharias rochiert, dann rochiert Bobiatov. Normalerweise eskalieren Partien, in denen Weiß die Fried-Liver-Attacke probiert, schnell in einen verlustreichen Schlagabtausch. Aber nachdem Bobiatov die Attacke abgewehrt hat, spielen die beiden einige Entwicklungszüge: Sie versuchen, ihre Leichtfiguren in die Spielfeldmitte zu manövrieren.

Gerade als die Partie in ein unelegantes Positionsscharmützel abzurutschen droht, beginnt Zacharias rechter Hoden zu vibrieren. Johannah scheint da eine gute Kombination im Schachcomputer gefunden zu haben. Lang, lang, kurz, lang. Kurz, lang. Lang, lang, kurz, kurz, kurz. QA7: Königin auf A7. Zacharias starrt aufs Brett. Er soll seine Königin für den völlig bedeutungslosen Bauern auf A7 opfern? Das wäre Selbstmord, wahrscheinlich hat er Johannah missverstanden. Er spielt gar nichts. Johannah sollte den Zug noch mal morsen. Nach einer Minute vibriert sein Hoden wieder. Sofort legt Zacharias sich die Hand in den Schritt, um das Signal ganz deutlich zu spüren.

„Was wird das?", fragt Bobiatov schroff.

„Wie bitte?", sagt Zacharias.

„Keine Gespräche während des Spiels", sagt der Schiedsrichter.

Lang, lang, kurz, lang. Kurz, lang. Lang, lang, kurz, kurz, kurz. Zacharias hat Johannah richtig verstanden. Auch wenn er keine Ahnung hat, worauf dieses Opfer hinauslaufen soll: Der Computer irrt nie. Zacharias nimmt mit seiner Königin den Bauern auf A7. Flüstern im Publikum, die Schiedsrichter werfen sich verdutzte Blicke zu, Bobiatov starrt aufs Brett.

Im Schach gibt es in jeder Stellung so viele mögliche Züge, dass es sich für Menschen nur lohnt, über die naheliegenden Züge nachzudenken. Computer dagegen können Hunderttausende mögliche Variationen ausrechnen. Sie können Züge erkennen, die zunächst idiotisch aussehen, aber eine tief verborgene Genialität in sich tragen, die sich erst in zehn oder fünfzehn Zügen entfaltet.

„So einen Zug spielt kein Mensch", sagt Bobiatov leise zu Zacharias. Das Publikum wird unruhig.

„Zacharias hat einen Sender in seinem Schritt, mit dem er pfuscht", sagt Bobiatov schließlich so laut, dass auch das Publikum ihn verstehen kann. „Ich habe gesehen, wie er ihn mit der Hand ertastet hat."

Die Schiedsrichter wissen nicht, was sie tun sollen. Können sie Bobiatov, dem berühmtesten Schachspieler der Welt, widersprechen? Dieser Zacharias, den vor ein paar Jahren noch niemand kannte, ist ja nun wirklich verdächtig. Und dieser Zug gerade – Bobiatov hat recht: Das ist ein typischer Computerzug. Die Schiedsrichter pausieren das Spiel und bitten Zacharias in ein Nebenzimmer.

„Haben Sie einen Sender im Schritt?"

„Natürlich nicht!"

Sie fahren ihm mit dem Metalldetektor über den Schritt. Der Detektor piepst.

„Ich trage stets eine Knopfbatterie in der Unterhose", sagt Zacharias, „Sie wissen ja, ich bin im Regenwald von Borneo geboren, und das ist die Knopfbatterie, die damals in der Uhr meines Vaters steckte."

Die Schiedsrichter hören ihm zu.

„Die Batterie war damals leer, und nur deswegen kenne ich heute mein Geburtsdatum nicht, und wissen Sie: Das ist irgendwie Teil meiner Identität geworden, ich bin stolz darauf. Damit ich die Knopfbatterie immer bei mir habe, klebe ich sie mir hinter den rechten Hoden."

„Warum denn hinter den rechten Hoden?"

„Weil mein linker Hoden amputiert wurde. Meine Eltern sind Skozen, das ist eine Sekte, bei der die Männer sich einen Hoden amputieren – Orchiektomie nennt man diese Operation."

„Zeigen Sie die Knopfbatterie mal her."

Zacharias langt sich in die Unterhose, reißt das Ding von seinem Hoden ab, und als er es hervorkramt, glaubt er seinen Augen kaum: Varta steht auf der Vorderseite, und auf der Rückseite: Lithium-Cell, 3V. Das ist ja tatsächlich eine Knopfbatterie. Er reicht sie den Schiedsrichtern, die schauen sich die Knopfbatterie an.

„Zacharias, wir sind untröstlich", sagt der Schiedsrichter und gibt ihm die Knopfbatterie zurück.

„Können Sie denn nach alldem überhaupt weiterspielen?", fragt der andere.

„Geben Sie mir zehn Minuten."

Zacharias rennt aufs Klo, schaut in den Spiegel. Was war das? Er betrachtet die Knopfbatterie, die ganz eindeutig kein Kurzwellenempfänger ist. Könnte es sein, dass er sich Johannah nur eingebildet hat? Es wäre nicht der erste Streich, den sein Verstand ihm spielt. Schließlich erzählt er ja auch immer, er hätte weder Geburtsdatum noch Nachnamen, weil er in Wirklichkeit gar nicht weiß, wo er herkommt. Seine früheste Erinnerung ist eine Partie Schach, die er als 19-Jähriger im Jardin du Luxembourg gespielt hat.

Das heißt also, diese brillanten Züge, dieses irre Damenopfer auf A7 – das war seine eigene Idee. Er kann die Partie zu Ende spielen und er kann das Preisgeld ganz alleine einsacken. Nichts würde er teilen müssen mit irgendeiner Johannah, die sowieso nie Zeit für ihn hat. Als Zacharias zurück ans Brett kommt, applaudiert das Publikum. Bobiatov verneigt sich vor ihm und sagt: „Was ich getan habe, ist unverzeihlich."

Zacharias und Bobiatov setzen sich wieder ans Brett, das Spiel geht weiter, die Schachuhr tickt. Bobiatov hat das Damenopfer auf A7 angenommen und Zacharias setzt voller Selbstvertrauen nach: Er gibt Schach mit dem Springer, Bobiatov weicht aus, Zacharias zieht nach und gibt Schach mit dem Läufer, Bobiatov blockt mit einem Bauern. Und nun? Er hat seine Dame geopfert. Wenn er jetzt keine zwingende Mattkombination findet, dann war's das. Sechzehn Minuten lang denkt Zacharias nach, dann steht er auf und schnippt mit dem Zeigefinger seinen König um, eine zutiefst vulgäre Geste. Als der König aufs Brett klackert, zuckt Bobiatov zusammen, als sei er selbst gestürzt. Das Publikum applaudiert unschlüssig.

Bobiatov bleibt Weltmeister, aber er verlässt die Bühne mit gesenktem Haupt. Alles, was Bobiatov sich jetzt wünscht, ist das dümmliche Lächeln seines Managers, aber der ist stinksauer.

„Bist du verrückt geworden?", brüllt der Manager ihn an.

„Ich glaube schon", sagt Bobiatov. „Ich war absolut sicher, dass er betrügt, aber es war nur eine Halluzination." Bobiatov schweigt für ein paar Sekunden und schiebt dann hinterher: „Ich glaube, es ist schon zu spät." In diesem Moment entscheidet sich Bobiatov, seine Karriere zu beenden.

Helena Weise:
Lorenz wartet schon

Zwei Stufen vor Ende der Treppe bleibt meine Mutter stehen. Ihr Zeigefinger streckt sich dem Klingelknopf entgegen, sie muss sich leicht nach vorne lehnen, um ihn zu erreichen. Eine unverschämt fröhliche Melodie schallt durch das Haus und unterbricht die Stille, die früher einmal Ruhe gewesen, jetzt aber Abwesenheit ist.

Olga öffnet die Tür, blinzelt gegen das Licht, lächelt die zwei Silhouetten an, die immer noch auf der Mitte der Treppenstufen stehen. Über ihrer Schulter hängt ein einzelner Strumpf wie die Überreste eines einst prächtigen Nerzfells. „So früh habe ich nicht mit Ihnen gerechnet", sagt sie. „Wir sind gut durchgekommen heute", sagt meine Mutter. Nur der letzte Meter ihrer Anreise scheint ihr schwer zu fallen, mit durchgedrücktem Rücken steht sie da, das schwarze Kostüm zerknittert von der Fahrt.

„Kommen Sie doch rein, da ist noch Kaffee", lädt Olga uns in das Haus ein, das uns mittlerweile fremder ist als ihr. „Hilde ist gleich fertig, wir kämpfen nur noch mit den Strümpfen." Sie hat sich bereits umgedreht und geht den Flur hinunter. Ich nehme meiner Mutter die Blumen ab, um sie in Wasser stellen zu können. Überschaubare Aufgaben und pragmatische Lösungsansätze sind heute mein Verantwortungsbereich. Entweder man trauert oder man macht sich nützlich.

Ich gehe ihr vorweg den dunklen Flur entlang, Olga ist verschwunden. Das Haus riecht staubig. Die Küche ist entweder aufgeräumt oder unbenutzt, nur der Kaffee steht dampfend auf der Anrichte. Ich öffne jede

Schranktür. Wortlos reicht meine Mutter mir eine Vase, ich habe nicht bemerkt, dass sie hereingekommen ist und schäme mich, diese erste überschaubare Aufgabe nicht bewältigt zu haben. Schnell schenke ich uns zwei Kaffee ein.

Meine Mutter glotzt in ihre Tasse, ich schneide bereits angeschnittene Blumen an. Als sie aufsteht, folge ich ihr, drängle fast in dem schmalen Flur. Die Fotos an der Raufasertapete sind chronologisch sortiert, in Schrittgeschwindigkeit sehe ich meine Großeltern altern. Das letzte Bild hängt nicht an der Wand. Hilde sitzt auf der Bettkante, sie trägt nur einen ausgeleierten BH, die Unterhose verschwindet unter den Falten ihres Bauches. Ihre Füße reichen kaum bis auf den Fußboden. Olga kniet vor ihr. Jetzt erst begreife ich, was sie mit Kampf meinte. Millimeterweise frisst der schwarze Stützstrumpf Hildes Bein, ihre papierene Haut.

Die beiden sind so versunken in ihre Routine, dass ich mich fühle wie ein Eindringling. Hilde bemerkt uns erst jetzt. „Da seid ihr ja", sagt sie und nickt zufrieden. „Hallo Mama", sagt meine Mutter und stellt sich neben das Bett, tätschelt ihren nackten Rücken. „Wie geht es dir?" „Danke" sagt Hilde. „Hallo Oma", sage ich und bleibe, wo ich bin. „Tach Kind", sagt Oma. Dann schweigen wir und schauen der Pflegekraft beim Arbeiten zu.

Hildes Beine sind jetzt verpackt, Olga greift nach dem schwarzen Kleid, das an einem Bügel auf seinen ersten und letzten Einsatz wartet. Hilde streckt vorauseilend gehorsam die Arme nach oben. Meine Mutter zuckt. „Danke Olga, das können wir jetzt auch übernehmen." Sie ahmt Olgas routinierte Bewegungen nach, öffnet den Reißverschluss. „Mama, das kommt nicht über den Kopf, du musst da reinsteigen, stehst du bitte auf." Hilde nickt wieder, lässt ihre Arme aber nur den halben Weg sinken, damit wir sie hochziehen können. Ich bewundere sie dafür, dass sie nicht nur weiß, dass, sondern auch wie ihr geholfen werden muss.

Meine Mutter hat sich schon unter Hildes Achsel eingehakt, ich nehme den anderen Arm, der in meinen Händen liegt wie ein morscher, bemooster Ast. Hilde ächzt, ich halte sie weiter fest, während sie einen Fuß nach dem anderen hebt und in das Kleid steigt. Von oben sehe ich meine Mutter schwitzen, sie wirft einen schnellen Blick auf ihre Armbanduhr. Wir manövrieren Hildes Hände durch die Ärmel, wie Maulwürfe tasten sie sich durch die dunklen Tunnel. Ich schließe den Reißverschluss an ihrem Rücken und stelle mir vor, wie das früher Lorenz getan hat, bevor sie zum Restaurant aufbrachen oder einer Geburtstagsfeier. Ob Hilde auch gerade daran denkt? Ich frage sie nicht.

„Was machen wir denn mit ihren Haaren?", fragt meine Mutter leise Hildes Hinterkopf. Wir führen sie zu ihrer Frisierkommode, lassen sie auf den Hocker vor dem Spiegel sinken. Hildes Hand umklammert die Rundbürste mit dem Perlmuttgriff. Als Kind drehte ich mir die Bürste immer und immer wieder in die Haare, um dann schreiend zu ihr zu rennen. Sie sagte nichts, setzte sich nur hin, zog mich vor sich und begann, geduldig Strähne für Strähne zu lösen. Wimmernd spürte ich ihren warmen Atem im Nacken.

Der Bürste fehlen mittlerweile die meisten Borsten, das Perlmutt ist gesprungen. Umständlich fummelt Hilde einige Haare heraus. „Ach, lass das doch jetzt, Mama", sagt meine Mutter und nimmt Hilde die Bürste ab. „Ich mach das schon", sagt Hilde. „Sie macht das schon", sage ich. „Kannst du es bitte machen?", fragt meine Mutter und hält mir den Griff entgegen, als reiche sie mir ein scharfes Messer. Ich denke an damals, an den Atem meiner Oma im Nacken, ihre Finger in meinem Haar und nehme die Bürste, ziehe einzelne weiße Strähnen aus dem Nest, striegele sie mit gleichmäßigen Bewegungen. Hilde seufzt behaglich.

Ich beobachte meine Mutter im Spiegel. Sie schaut mich an, schaut sich an, schaut Hilde an. Eine Frau im mittleren Alter, der noch Zeit bleibt. Hilde schaut nicht in den Spiegel, sie hat die Augen halb geschlossen. Auch ich schaue wieder weg, das brüchige Haar meine Großmutter zwischen den Fingern.

„Ich gehe kurz auf Klo. Beeilt euch bitte ein bisschen." Meine Mutter eilt aus dem Raum, steht einen Moment später bereits wieder im Türrahmen. „Du hast ein Gebiss?", fragt sie in den Raum hinein. Hilde zieht nur ihre Lippen hoch, bleckt ihr Zahnfleisch. „Das muss sie noch einsetzen." Ich stecke Hildes Haare mit einer silbernen Spange hoch und beuge mich über ihre Schulter. „Bin gleich wieder da", sage ich.

Auf dem Waschbeckenrand liegen Hildes Zähne in einer Plastikdose. „Putzt das überhaupt irgendjemand?" Meine Mutter ekelt sich zwei Meter entfernt. „Darauf muss Olga doch achten!" In dem Spiegelschränkchen suche ich nach Kukident, finde nichts, schrubbe das Gebiss mit einer Zahnbürste. Von Omas Zähnen geht ein saurer Geruch aus. Überschaubare Aufgabe. Pragmatische Lösung. Trauern oder nützlich machen.

Wie eine Trophäe präsentiere ich Hilde das Gebiss. „Was klebt denn da?" fragt sie. „Zahnstein." „Das war da vorher nicht da." Sie stopft sich die Zähne in den Mund und grinst freudlos in den Spiegel. „Fehlt nur noch der Schmuck." Je mehr wir sie herrichten, desto ordentlicher werden auch ihre Worte. Ich weiß, wo die Schatulle steht, ich habe sie als Kind jeden Tag auf dem Bett ausgeleert, nur um den Schmuck dann Stück für Stück wieder einzusortieren. „Die hier?" „Die mochte Lorenz nicht." Ihre Finger nesteln ein Paar nachtblaue Clips heraus, die ich an ihre Ohrläppchen schnappen lasse. Meine Oma ist vor den Russen geflohen, sie hat gehungert und wurde von einem Auto angefahren, als sie ein kleines Mädchen war, früher hat sie mir die Narbe am Bein gezeigt, so oft ich wollte. Aber gegen Ohrlöcher hat sie sich immer geweigert.

Jetzt erst schaut Hilde in den Spiegel. „Er wollte immer vor mir sterben", sagt sie. „Der alte Feigling."

Meine Mutter klopft an den Türrahmen, als hätte sie im Flur auf ihren Einsatz gewartet. „Kommt jetzt, ich will nicht, dass wir die letzten sind. Du siehst gut aus, Mama." Hilde schnaubt nur. Wir heben sie wieder hoch, lassen sie wieder sinken, diesmal auf dem Treppenlift. Wir warten an der Garderobe. Wie die Königin einer fremden Galaxie kommt sie herunter geschwebt. Olga wartet mit den Lackschuhen und der Handtasche, in der Lippenstift und Spiegel einen Dornröschenschlaf halten. Accessoires eines früheren Lebens. „Das nehme ich", sagt meine Mutter.

Wieder bückt sie sich, stülpt die flachen Schuhe über Hildes Füße, während ich sie stütze. Reicht ihr die Handtasche und nimmt sie dann doch selbst. „Dein Rollator steht schon draußen." Ich hole die Blumen aus der Küche, das Wasser tropft auf den Boden und meine Schuhe. Olga öffnet uns die Tür und hakt sich bei Hilde unter. Meine Großmutter blinzelt. „Na dann. Lorenz wartet bestimmt schon." Sie geht zuerst. Meine Mutter sieht ihr kurz nach, drückt ihren Rücken durch und folgt ihr. Ich schließe hinter uns die Tür.

Paul Gäbler:
Wer ist dem Tier gleich und wer kann mit ihm kämpfen?

An einem sonnigen Dienstagnachmittag im April, als sie gerade das „Sanctus" im Musikraum proben, sieht Tobias den Teufel zum ersten Mal. Er steht in der zweiten Reihe, mitten im Sopran, hat die Lippen geschlossen und schaut ihm bei Dirigieren zu.

„Also gut, machen wir die Stelle noch einmal. Takt 37 und der Alt passt bitte auf!"

Tobias vergräbt seinen Blick in der Partitur, blättert ein paar Seiten zurück, hebt die Arme und den Blick, um das aufkommende Stimmgewirr zu unterbinden.

Seine Chorsängerinnen und Chorsänger schauen erwartungsvoll auf. Der Teufel ebenso. Sein rotes Gesicht steht in Flammen, seine roten Augen scheinen ihn zu durchdringen. Tobias schlägt einen Takt und gibt den Einsatz.

„Sanctus, sanctus, sanctus Dominus Deus Sabaoth".

„Mehr rausschauen!", ruft Tobias in den Gesang hinein und versucht krampfhaft, nicht zum Sopran herüberzuschauen.

„Pleni sunt coeli et terra gloria tua".

Wenigstens die Tenören, mit denen kann er arbeiten, die kriegen ihre

Einsätze, die gucken raus und verzählen sich nicht ständig. Tobias wandert vor dem Chor auf und ab.

Der Teufel steht immer noch da, den Blick starr noch auf ihn gerichtet. Seine schwarzen Hörner werfen einen Schatten im sonnendurchfluteten Saal. Der Teufel grinst und zeigt sein schwarzes Gebiss.

„Hosanna in excelsis. Hosanna in excelsis."

„Leute, das geht so nicht!"

Tobias Arme fallen nach unten. „Ihr müsst verdammt nochmal rausschauen, auf meinen Takt achten. Die Bässe haben gerade wieder geschleppt, der Alt hatte seinen Einsatz beim ‚Benedictus' nicht gekriegt – und in einer Woche ist Sommerkonzert!"

Tobias läuft vor seinem Chor auf und ab, ohne sie anzuschauen. Vielleicht ist der Teufel ja weg, wenn ich ihn nur lang genug ignoriere.

„In Anbetracht der fortgeschrittenen Zeit würd ich sagen, wir machen Schluss für heute."

„Aber wir haben doch noch eine Viertelstunde", sagt eine Schülerin aus dem Sopran. Vorsichtig hebt Tobias den Blick. Der Teufel ist verschwunden.

„Herr Malzbender?", fragt die Sopranistin erneut.

„Ja?", sagt er.

„Wir haben doch noch eine Viertelstunde Zeit?"

„Ja, aber ich glaube, wir brauchen heute alle mal ein bisschen früher Schluss. Mein Vater hat heute Geburtstag und ich muss früher los." Aus Bass und Tenor kommt fröhliche Zustimmung. „Denkt bitte dran, die Pulte zurückzustellen, die Stühle immer nur zu zehnt stapeln." Tobias Worte gehen im aufgeregten Stimmengewirr unter. Tobias wünscht ein gutes Wochenende, während er erneut den gesamten Raum mit den Augen absucht. Wie auch immer der Teufel sich in seinen Schulchor geschlichen hat – er scheint ihn genauso unbemerkt wieder verlassen zu haben. Vielleicht, denkt Tobias, als er seine Sachen zusammenpackt, war es nur eine Einbildung.

Tobias sitzt in seinem Opel Corsa und brettert die Landstraße entlang. Das Radio hat er abgeschaltet, er erträgt heute keine Musik mehr. Zum ersten Mal seit Jahren hat Tobias wieder Lust auf eine Zigarette und Lust ist gar kein Ausdruck dafür, es ist ein Zwang. Also biegt er ab und fährt Richtung Oberaurach zur nächsten Tankstelle. Er würde gleich im Auto rauchen, denkt er, als er das auf das Rückgeld verzichtet, das hat er früher schon am liebsten gemacht, bei offenem Fenster Rauchen, während er über den Asphalt tuckert und energisch den Motor aufheulen lässt.

Hoffentlich würde Belinda nichts riechen, er sich auf den Fahrersitz setzt, das Fenster herunterkurbelt und sich die erste Zigarette anmacht, sie hat eine verdammt gute Nase, findet er, als er von der Tankstelle fährt. Und erst seine Eltern! Die erwarten ihn doch zum Essen, denkt er. Na, das könnte was werden.

„Du ekelst mich an, Tobias", sagt jemand vom Beifahrersitz. Der Teufel hat sich auf dem Beifahrersitz niedergelassen und schaut ihn mit breitem Grinsen an.

„So schwach bist du, dass du heimlich vor deiner Freundin rauchst", sagt der Teufel mit einem Lachen. „Wie soll sich dich da jemals lieben?" Seine Stimme ist tief und dunkel, als hätte jemand ein Tonband zu langsam abgespult. Tobias fängt an zu Schwitzen. Angestrengt versucht er auf die Straße zu schauen.

„Was willst du von mir?"

„Wieso fragst du das, Tobias?"

„Weil du mich in Ruhe lassen sollst."

Der Teufel fängt an zu lachen, sein ganzer Körper schüttelt sich dabei und seine Ziegenfüße stampfen auf die Gummimatte.

„Tobias, weißt du überhaupt wer ich bin?"

„Nein, weiß ich nicht. Und echt bist du auch nicht!"

„Wenn ich nicht echt bin, wieso passiert dann das hier?"

Der Teufel streckt seine Hand aus, seine scharfen Krallen fahren über Tobias Handgelenke und drücken das Lenkrad herum. Tobias fängt an zu Schreien, das Auto kommt von der Straße ab und rast mitten in den Wald hinein. Tobias hört einen Knall, bis ihn das Schwarz umhüllt. Wenn so Sterben ist, denkt er, dann hatte ich es mir schlimmer vorgestellt.

Der Raum war kahl und weiß, in der Luft hing der Geruch von Bohnerwachs und Filterkaffee. Tobias saß eingesunken in einem Stuhl. Vor dem Fenster trieb der Wind Schnee gegen das Glas. Durch die schmucklosen Wände drang Klaviermusik herein. Tobias Kopf wippte im Takt. Er vermutete etwas von Ravel.

Mit einem Ruck ging die Tür auf, Tobias fuhr zusammen. Eine Frau im Hosenanzug stand im Türrahmen, ein bierbäuchiger Polizist direkt hinter ihr. Ihre Blicke bohrten sich in seinen Fließmantel.

„Wie fühlen Sie sich, Herr Malzbender?", fragte die Frau im Hosenanzug.

„Es geht mir gut", antwortete Tobias.

„Sind Sie vernehmungsfähig?"

Tobias schluckte.

„Ja?"

„Also gut." Die Frau nahm auf dem Stuhl gegenüber Tobias Platz, die Akte, die sie unter ihrem Arm trug, klatschte auf den Tisch. Neben der Tür brachte sich der Polizist in Stellung.

„Tobias Malzbender, ledig, 29 Jahre, kinderlos, wohnhaft in 96181 Fürnbach", las die Frau aus der Akte vor.

„Da wohnen meine Eltern, ich wohne in Würzburg."

„Was machen Sie in Würzburg?"

„Ich studiere."

„Was genau?"

„Schulmusik und im Nebenfach Theologie."

„Oh, das klingt interessant." Tobias sah die Frau ihm gegenüber plötzlich lächeln. „Ein Mann Gottes und auch noch musikalisch."

„Naja", sagte Tobias still, „ich will Lehrer werden. Und gerade hab ich ehrlich gesagt ein schwieriges Verhältnis zu Gott."

„Das ist doch während des Studiums ganz normal, oder?"

„Vermutlich."

„Klingt aber nach einer sehr tiefen Leidenschaft, der Sie nachgehen. Oder wohl noch eher: zwei Leidenschaften." Die Frau machte sich ein paar Notizen in der Akte.

„Wer sind Sie?", fragte Tobias vorsichtig.

„Dr. Hackbarth, Psychologin", sagte sie ohne Aufzuschauen. „Ich habe gerade ihr Vernehmungsprotokoll und dass des Bahnschaffners gelesen. Und ein wenig herumtelefoniert."

„Bahnschaffner?"

„Herr Malzbender, was genau ist heute vorgefallen?" Der Blick der Psychologin erkaltet.

„Ich weiß nicht...ich saß in der Bahn, wollte nach Hause. Dann fuhr die Bahn nicht, ich war super sauer, weil ich bei meinen Eltern in Fürnbach verabredet war, dann kam plötzlich die Polizei und alles ging irre schnell und..."

„Herr Malzbender, Sie haben einen Schaffner beinahe tätlich angegangen", unterbrach ihn die Psychologin. „Sie haben ihm gesagt, dass die zehn Biblischen Plagen über ihn und seine Familie hereinbrechen würden, wenn der Zug nicht sofort losfahren würde. Soll ich Ihnen mal vorlesen, was er zu Protokoll gegeben hat?" Sie räusperte sich. „Er hat gesagt: ‚Noch nie in meinem Leben hatte ich vor einem Menschen solche Angst.'"

„Das...das...", stammelte Tobias. Tränen stiegen ihm in die Augen, die er hastig wegwischte. Er hasste weinen. „Das...kann ich mir nicht erklären und daran erinnere ich mich auch nicht..."

„Eine Zeugin hat ausgesagt, dass Sie bereits im Zug Bibelverse aufgesagt hätten. Laut, man muss wohl eher sagen, schreiend", fügte die Psychologin hinzu, während Sie ein Taschentuch aus ihrem Sakko zupfte.

„Ich kann mir...das nicht erklären", schluchzte Tobias.

„Wir haben Ihr Blut geprüft", sagte sie. „Wir haben weder Amyloid-Proteine noch Makroglobuline entdeckt. Dabei sind Sie laut Aussage Ihrer Freundin tablettenpflichtig."

Tobias hörte auf zu weinen. „Sie haben Belinda erreicht? Kann ich mit ihr sprechen?"

„Gleich", sagte die Psychologin und lächelte wieder. Sie legte ihre Hand auf seine. „Sollten Sie mir nicht langsam mal dringend sagen, dass Sie seit drei Jahren wegen psychotischer Schübe in Behandlung sind?"

„Ja."

„Gut, Herr Malzbender. Dann reden wir jetzt endlich mal ehrlich miteinander. Was haben Sie heute gesehen? Haben Sie Stimmen gehört?"

„Ich...ich.."

„Bleiben Sie ganz ruhig, Sie haben Zeit." Ihre Hand zog sich zurück. „Ich bin hier auf Ihrer Seite, nur dass Sie das wissen."

„Ich habe meinen Vater gehört", sagte Tobias. „Ich hab ihn gehört, wie er sagte, Belinda ist in Gefahr. Und ich müsse sofort zu ihr. Wir waren verabredet, sie wollte mich in Schönbrunn mit dem Auto abholen und..."

„Hätten Sie Anlass gehabt, sich Sorgen zu machen?", fragte die Psychologin.

„Ich hab gesehen, wie ihr Auto überrollt wird", schluchzte Tobias. „Vom Zug, auf der Bahnschranke. Dass Sie es nicht rechtzeitig wegschafft."

„Das haben Sie gesehen. Richtig, wie vor Ihren Augen?"

Tobias nickte. Sein Kopf war in die Hände gestützt, die Schultern zuckten rhythmisch mit seinen Schluchzen.

„Und was hat der Schaffner damit zu tun gehabt?"

„Ich habe gedacht, er wäre...ein Dämon."

„Alles klar." Sie machte sich eine Notiz und unterstrich sie doppelt.

„Wie läuft Ihre Beziehung zu Frau Mölders?"

„Entschuldigen Sie?"

„Ihre Krankheit, das muss eine ziemliche Herausforderung für eine Beziehung sein."

Tobias schüttelte den Kopf. „Belinda steht vollkommen hinter mir. Sie akzeptiert mich, wie ich bin."

„Das glaube ich Ihnen gerne. Sie haben ziemlich Glück gehabt."

Die Psychologin lächelte wieder.

„Ja, ich liebe sie sehr."

„Gab es Probleme in letzter Zeit?"

Tobias schluckte. „Also, ja."

„Was genau ist passiert?"

Tobias wartete. Wieder tönte die Klaviermusik herein, Tobias war sich nicht mehr sicher, ob es wirklich Ravel war.

„Sie...Sie hat diesen einen Typen kennengelernt. Diesen Henry. Und ich hab sie gesehen."

„Wo haben Sie sie gesehen?"

„Auf dem Parkplatz, auf der Uni. Im Auto. Sie sagt, sie hätten nur geredet. Aber ich bin mir nicht sicher."

„War das nachdem oder bevor Sie Ihre Tabletten abgesetzt haben?"

„Hab ich nicht...", entgegnete Tobias.

„Die Rückstände in ihrem Blut sind extrem gering. Sie nehmen entweder seit Wochen praktisch gar keine mehr oder nur noch alle paar Tage. Warum machen Sie das?" Der Blick der Psychologin bohrte sich in seinen.

„Ich...ich hasse diesen Scheiß."

„Herr Malzbender..."

„Nein, Sie verstehen das nicht. Das Zeug ist beschissen, ich bin wie betäubt. Ich spüre fast gar nichts, bei der Musik, wenn ich mit Belinda zusammen bin, wenn ich mit Leuten unterwegs bin..."

„Was spüren Sie nicht mehr?", fragte sie.

„Mich! Ich spüre mich einfach nicht. Ich bin wie weggetreten, bin nicht bei mir. Ich kann nicht dirigieren, es ist...es ist die Hölle!"

„Die Hölle haben Sie heute erlebt", sagte sie kühl. „Und andere auch. Reden Sie mir Ihrer Therapeutin über die Medikation. Da lässt sich was ändern, mit Sicherheit. Aber Sie wissen ja jetzt, was passiert, wenn Sie wieder eigenhändig die Medikation absetzen."

Sie schloss seine Akte und legte ihren Kopf auf ihre aufgestemmten Fäuste ab. „Von den juristischen Folgen ganz zu schweigen. Auch wenn Sie vermutlich schuldunfähig waren. Begreifen Sie bitte endlich, was für ein verdammtes Glück heute alle gehabt haben."

„Ja. Sie haben recht."

Wieder drang Klaviermusik durch die Wand hindurch. Diesmal erkannte Tobias das Stück, es war nicht Ravel, sondern Debussy, Dr. Gradus ad Parnassum, die Stufen zum heiligen Berg Parnass. Tobias hatte es selber einmal gespielt.

„Also Herr Malzbender, Sie können jetzt mit Ihrer Freundin telefonieren. Sie erwartet Ihren Anruf."

Sie stand auf, bat ihn mit einer Geste, es ihr gleichzutun und wies ihn zur Tür. Während der bierbäuchige Polizist die Tür öffnete, sagte Tobias: „Dass hier bei Ihnen jemand Klavier spielt, hätte ich nicht gedacht. Und dann direkt Debussy, das ist nicht einfach."

Die Psychologin drehte sich um. „Herr Malzbender, Sie sind auf einer Polizeiwache. Hier spielt niemand Klavier." Und ging hinaus.

Die Sonne hüllt den Wald mit warmen Licht ein, als Tobias wieder wach wird. Sein Kopf liegt im aufgeplusterten Airbag. Durch die zerbrochene Windschutzscheibe ragt der Ast eines Apfelbaumes und hat sich durch den Beifahrersitz gebohrt. Der Teufel ist verschwunden. Tobias sieht die grünen Äpfel, die um sein Auto verteilt liegen. Viel zu früh zum Ernten, denkt Tobias. Vorsichtig steigt er aus, setzt ein Bein nach dem anderen auf den grasbewachsenen Boden lauscht in die ohrenbetäubende Stille hinein. Wie lange er hier schon stehen mag? Stunden? Tobias fühlt sich, als wären es Tage. Er zieht sein Handy aus der Hosentasche und wählt den Notruf. Es tutet zwei Mal.

„Notrufzentrale, was ist passiert?"

„Ich...ich möchte einen Unfall melden."

„Alles klar, wo genau befinden Sie sich?", fragt eine sanfte Frauenstimme durch das Telefon zurück.

„Also...", sagt Tobias. Seine Stimme zittert. „Ich bin von der Fahrbahn abgekommen, zwischen Oberaurach und Priesendorf."

„Tobias?", fragt jemand anderes. Tobias kennt die Stimme.

„Sind Sie noch dran?", fragt er.

„Tobias?", fragt es wieder.

„Papa?" Tobias Stimme beginnt zu zittern.

„Papa, was machst du in der Leitung? "

„Tobias, hör mir gut zu!", ruft sein Vater. „Du musst dich beeilen! Es geht um Belinda."

„Was ist mit Belinda?"

„Tobias, wir warten hier alle auf dich!", hört er seine Mutter aus der Entfernung zurufen. „Das Feuer ist schon ganz hoch!"

„Du hast deine Mutter gehört!", ergänzt sein Vater. Seine Stimme klingt tiefer, besorgter, denkt Tobias. „Papa, was ist mit Belinda? Was ist mit ihr?", brüllt er in sein Telefon.

„Sagen Sie doch bitte erstmal laut und deutlich Ihren Namen, bitte?", tönt die Frauenstimme. „Verstehen Sie, damit ich das alles an die Kollegen weitergeben kann, die nach Ihnen suchen, in Ordnung."

„Verdammte Scheiße, wer sind Sie?", ruft Tobias durch sein Handy.

„Ja, das hatten wir bereits, jetzt sagen Sie..."

„Wissen Sie etwas von meiner Freundin, Belina Mölders, Sie müsste längst bei meinen Eltern sein..."

„Ihren Namen!", sagt die Beamtin überdeutlich.

Da knackt es in der Leitung und es wird ganz still. Hat Sie tatsächlich aufgelegt, denkt Tobias. als er es auf der anderen Leitung wieder zu knistern beginnt.

„Hallo?", fragt er.

„Was ist mit dir, Tobias?"

„Wer ist da?", fragt er zögerlich.

„Wer ist dem Tier gleich und wer kann mit ihm kämpfen?", fragt die Stimme lachend, als der Apfelbaum, vor der Tobias steht zu Brennen anfängt.

„Wusstest du, Tobias...", sagt die Stimme am Telefon, „dass du immer Recht hattest, Tobias? Dass Sie sich nie komplett für dich entscheiden wird?"

Ein brennender Ast fällt herab und schlägt eine Handbreit entfernt Tobias auf dem Boden.

„Verzieh dich, verdammt verzieh dich!", ruft Tobias und schmeißt das Handy auf den Boden, bis er weinend vor dem brennen Baum auf die Knie fällt. Tobias betete. Er hatte es schon seit Jahren nicht mehr gemacht.

„O mi Iesu, dimitte nobis debita nostra, libera nos ab igne inferni, conduc..."

„Das ist so langweilig!", hörte Tobias jemanden brüllen. „Tobias, ich weiß es, ich weiß es alles. Sie hat sich schon längst entschieden. Du weißt es."

„Du bist nicht echt!", ruft Tobias laut. „Ich weiß es, du bist nicht echt! Du bist nur in meinem Kopf!"

„Was macht das für einen Unterschied?" Peter fühlt, wie eine Hand seinen Nacken massiert. Sie ist rau und warm, aber zärtlich. „Es reicht, wenn ich in deinem Kopf bin. Und wenn ich in deinem Kopf bin:", sagt eine dunkle Stimme an seinem Ohr, „dann bin ich überall."

Jemand reißt ihn an den Schultern hoch, Tobias öffnet die Augen. Der Apfelbaum ist erloschen. Der Teufel steht vor ihm und hat seine Hand auf seine Schultern gelegt. „Komm mit," sagt er. Und Tobias folgt ihm, aus der Plantage, weiter in den Wald.

„Wer bist du?", fragt Tobias.

„Das weißt du schon längst", sagt der Teufel und grinst ihn breit an.

„Was ist jetzt mit Belinda?", fragt Tobias erneut, als sich der Wald zu lichten beginnt.

„Da, schau!" Der Teufel weist mit seinen Krallen zur Straße. Auf dem Bahnübergang sieht Tobias Belindas Wagen stehen.

„Belinda!", ruft Tobias laut. Der Teufel hält ihm die Hand vor den Mund.

„Brüll nicht so laut, sonst weckst du sie beide auf."

„Wen beide?"

„Ich habe sie dort abgestellt, für dich Tobias. Belinda und Henry."

„Was ist mit Henry?"

„Tobias, du weißt es doch längst." Wieder legt ihm der Teufel die Hand auf die Schulter. „Du reichst nicht. In keiner Hinsicht. Du bist abwesend, du erfüllst sie nicht. Sie wird es immer und immer wieder tun, Tobias."

„Das stimm einfach nicht, es stimm nicht", fängt Tobias zu stammeln an.

„Nie wirst nur du ihr genug sein, sie wird nicht mit dir hier raus ziehen, Kinder haben, wieso sollte sie auch?"

Tobias schluchzt. Ich wusste es, dachte er, ich wusste es immer. Sie hatte es versprochen, jedes Mal, hatte sie es versprochen, dass es nicht passieren würde.

Tobias beginnt zu rennen, reißt seine Arme nach oben. „Steig aus, Belinda! Verdammt nochmal, jetzt steig doch endlich aus." Tobias kann Belinda nun erkennen, ihre dunklen Locken drücken gegen die Rückscheibe, direkt neben seinem Gesicht, Henry, Tobias kann seinen rötlichen Bart bis hier schimmern sehen, als Tobias ein schrilles Quietschen hört.

„Steig aus, verdammt steigt doch beide aus!", ruft Tobias außer Atem, als ein rot-weißer Pfeil auf dem Gleis angeschossen kommt. Seit wann, denkt sich Tobias, fahren hier ICEs, auf der Strecke fahren nie ICEs, als der Zug mit voller Wucht auf das Auto trifft und es in der Mitte auseinanderreißt.

Tobias Mund entfährt ein lauter Schrei, er sackt auf dem Boden zusammen und begräbt sein Gesicht in den Händen. Eine Hand legt sich auf seine Schulter.

„Und nun, Tobias", sagt der Teufel sanft, „kann ich endlich gehen."

Hoch loderte das Feuer zwischen den Tannen auf, ergoss sich in die sternklare Nacht und wärmte Tobias Gesicht. Er stand mit großen Augen davor, die Flammen spiegelten sich in seinen Augen. „Schau mal Papa, da ist ein Gesicht im Feuer!", rief Tobias.

Sein Vater hatte gerade ein Stück Teig auf einen Stock gespießt und hielt es mit entsprechendem Abstand über die Feuerstelle. „So? Und was für ein Gesicht siehst du?", fragte er.

„Ganz viele Gesichter!", rief Tobias laut und starrte stur geradeaus in das Flammenmeer.

„Hast du deinen Kranz denn schon fertig?", fragte seine Mutter. Sie saß direkt neben ihm, einen Korb mit Kornblumen in ihrem Schoß. „Du musst dich beeilen, bevor es Mitternacht geworden ist. Sonst geht dein Wunsch nicht in Erfüllung."

„Och nö!", sagte Tobias und zog Rotz die Nase hoch. Er hasste dieses Blumenkranz flechten. Ihre Nachbarin, die alte Frau Wonnebier lachte, während sie ihren Kranz zusammenband und ihn Tobias auf dem Kopf setzte.

„Hübsch siehst du aus", sagte Frau Wonnebier und kniff ihm in die Wange. „Wie ein kleines Engelchen."

„Ich will kein kleines Engelchen sein!", sagte Tobias trotzig, schüttelte sich, bis ihm der Kranz über den Kopf rutschte und auf seinen Schultern landete. „Engelchen sind blöd!"

Die Runde lachte laut auf. „Frechdachs!", sagte seine Mutter und streichelte ihm über den Kopf. „Gehst du mal fix rein und holst die Kränze vom letzten Jahr? Stehen auf der Veranda."

„Nein!", sagte Tobias laut und warf den frischen Kranz auf den Boden.

„Na, dann muss das wohl jemand anderes machen." Seine Mutter seufzte und stemmte die Hände in die Seiten.

„Ich mach das schon", sagte Frau Wonnebier und nahm Tobias bei der Hand. „Wollen wir zusammen gehen, Tobi?"

Widerwillig ließ sich Tobias durch den Garten in Richtung Veranda ziehen. Er hasste es, wenn sich die anderen über ihn lustig machten, er hasste diese Runden, wo er auf einmal im Mittelpunkt stand, obwohl er doch nichts anderes wollte als seine Ruhe. Frau Wonnebier begann zu singen.

„Wie soll ich dich empfangen und wie begegn´ ich dir? O aller Welt Verlangen, o meiner Seelen Zier!"

„Hör auf damit", sagte Tobias, als sie die Veranda erreicht hatten.

„Magst du das Lied denn nicht?", sagte Frau Wonnebier, während sie anfing, die Kränze des Vorjahres von der Wand zu nehmen. „Ach schau mal, den hast du doch letztes Jahr gemacht, oder?" Sie deutete auf einen ovalen, krummen Kranz, der trocken und rötlich an der Wand schimmerte. „Wollen wir den gleich zusammen ins Feuer schmeißen? Dann gehen alle deine Wünsche in Erfüllung, so der liebe Gott will!"

„Nein!", rief Tobias laut, setzte sich auf die Bank und verschränkte die Arme vor der Brust. „Der liebe Gott mag mich nicht."

„Aber, aber, wieso denkst du sowas?"

„Ich wollte eine Schwester haben, letztes Jahr und ich hab nix bekommen!"

Frau Wonnebier lachte. „Ja du, das dauert seine Zeit. Gottes Wege dauern manchmal länger. Sie hatte die Kränze auf ihren Armen gestapelt und Schritt wieder Richtung Feuerstelle zurück. „Kommst du mit, Tobias?"

„Nein!"

„Na, dann warten wir noch kurz auf dich, ja? Komm einfach dazu, wenn du möchtest." Sie ging davon, wobei sie leise weiter vor sich hin sang. „O Jesu, Jesu, setze mir selbst die Fackel bei, Damit, was dich ergötze, mir kund und wissend sei."

Tobias beobachtete sie von der Veranda aus, wie sie zurück zur Feuerstelle ging. Seine Eltern, alle ihre Nachbarn waren da, sie suchten ihre Kränze des letzten Sommers heraus, lachten, tranken und mit jeder Minute die verging, hasste Tobias sie mehr.

„Was ist mit Tobias?", hörte er seine Mutter fragen.

„Ach, ich glaube, der hat heute ein bisschen schlechte Laune", sagte Frau Wonnebier.

„Das hat der häufiger", sagt seine Mutter. „Vielleicht sollten wir mal zum Arzt mit ihm. Oder zum Priester."

„Gute Idee", sagte Frau Wonnebier.

Sie warteten noch einige Minuten, bis die Nacht sie vollständig eingehüllt hatten, als sie mit der Zeremonie begannen. „Was ist nun mit Tobias? Der will doch sicher auch dabei sein?"

Tobias saß immer noch auf der Veranda und beobachtete sie aus sicherer Entfernung. Sein Vater war als erstes dran. Er stand auf, schüttete den Rest seines Bieres in die lodernden Flammen und dankte Gott für seine Schöpfung, seine Geduld, seine Frau und seinen Sohn, den er über alles liebte „auch wenn es in letzter Zeit nicht immer einfach mit ihm war." Dann warf er seinen vertrockneten Kranz im hohen Bogen in die Flammen, die ihn knisternd und knackend auffraßen.

„Hey Tobias!", sagte plötzlich etwas. Erschrocken drehte er sich auf der stockdunklen Veranda um, konnte aber nichts erkennen.

„Tobias!", machte es erneut. Er erschrak als er bemerkte, dass die Katze sich neben ihm niedergelassen hatte.

„Du hasst sie alle, oder?", sagte die Katze und starrte ihn mit ihren feuerroten Augen an. „Vielleicht sogar noch mehr als ich?"

„Wieso kannst du reden?", fragte Tobias.

„Kann ich das? Oder verstehst du mich endlich?" Die Katze streckte sich und wetzte ihre Krallen am Holz. Tobias wusste darauf keine Antwort. Sie schwiegen, während am Feuer die nächsten ihren Kranz den Flammen opferten.

„Was wünschst du dir, Tobias?", fragte die Katze. Sie schaute ihn wieder durchdringend an, ihre Pupillen pulsierten in ihren Augen. „Erzähl es mir, deinen sehnlichsten, tiefen Wunsch. Ich werde ihn dir erfüllen."

„Die sollen mich alle in Ruhe lassen!"

„Da kann ich dir helfen. Beug dich herunter, dann flüstere ich es dir ins Ohr."

Tobias tat, wie ihm befohlen. Er beugte sich hinunter, legte sein Ohr an die Katze. Sie flüsterte etwas, dann biss sie zu.

„Monster!", rief Tobias laut, packte die Katze am Schwanz und zog sie von der Veranda. Sie fauchte und tobte, versuchte sich mit ihren Krallen am Boden festzuhalten, aber Tobias war stärker.

„Tobias, was machst du denn da?", sagte seine Mutter, als sie ihn erblickten. Gerade hatte sein Vater einen Witz erzählt, sie lachten laut und stießen mit ihren Weingläsern an, als Tobias die Katze mit beiden Händen aufhob und in die Flammen warf. „Danke, Tobias!", schrie sie, als die Flammen sie erfassten. Nun lachte auch Tobias. Er hatte sie erlöst, jetzt war sie frei. Er wusste, er hatte alles richtig gemacht.

Als Tobias endlich in Fürnbach ankommt, ist die Sonne bereits hinter den Hügeln verschwunden. Noch nie in seinem Leben war er so viel und so schnell gerannt, die Füße brennen und seine Lunge fühlt sich an, als würde sie ihm aus der Kehle springen. Keuchend hält er inne und schaut sich auf dem Feld um. Fürnbach, diese Ansammlung kleiner Häuser, die er früher immer so verachtet hatte, liegt ruhig und beschaulich vor ihm. Tobias sackt in sich zusammen, als die Kirche der Allerheiligen zur siebten Stunde läutet.

Das kleine Dorf ist menschenleer, Tobias kann das Haus seiner Eltern schon sehen. Der Wind trägt den Geruch von verbranntem Holz zu ihm herüber, sie haben das Feuer schon angezündet, denkt er, wie können sie jetzt ein Feuer machen, Feiern, denkt Tobias, während er über den Gartenzaun springt und das hell erleuchtete Grundstück betritt. Er läuft am Haus vorbei, durch den Garten, er kann das Feuer schon sehen, das Geschnatter der vielen Gäste, die ihn stirnrunzelnd begrüßen. „Tobias?", fragt eine Frau zögerlich.

„Ich hab Belinda gesehen!", keucht Tobias. „Ich hab sie gesehen, oh lieber Gott, sie ist tot."

„Tobias, was ist mit dir passiert?", ruft die Frau erneut und tritt zu ihm näher. Es ist seine Mutter.

„Oh Gott, es ist passiert!", ruft Tobias schluchzend und fällt ihr um den Hals. „Ich hab sie gesehen, sie war auf der Bahnschranke, in ihrem Auto, es ist völlig zerfetzt!"

Vom Feuer hört Tobias jemanden rufen, was denn los sei, das Stimmengewirr um ihn herum wird lauter. Seine Mutter fährt ihm sanft über den Kopf..

„Tobias, es ist alles gut, sie ist hier, Belinda ist oben im Bad."

„Was?"

„Sie ist oben im Bad. Und was redest du denn da?"

Tobias reißt sich los und schaut sie mit weit aufgerissenen Augen an.

„Belinda ist hier? Alleine?"

„Tobias, wie siehst du aus?" Sein Vater ist von der Feuerstelle herübergekommen, er und der Rest seiner Geburtstagsgäste mitgebracht.

„Ich komme gleich wieder", sagt Tobias, reißt sich los und sprintet die Treppen zur Veranda hoch, vorbei an seinem Nachbarn, der ihm ängstlich Platz macht, reißt die Haustür auf und steht in der dunklen Küche. Vorsichtig tastet er die Wand zum Lichtschalter entlang und schaltet ihn ein. Das Licht bleibt aus. Totenstill bleibt es im Haus, nicht einmal der Lärm der anderen Gäste von draußen dringt nun noch durch die dichten Lehmwände.

Zielsicher läuft Tobias durch die Küche und weiter in den Flur, die Treppe hoch, auf Zehenspitzen. Tobias kennt jede Diele, kann nahezu geräuschlos diese Treppe zum obersten Stockwerk hochsteigen, als er Belinda riechen kann. Er bleibt vor der Badezimmertür stehen. Helles Licht scheint unter dem Türspalt hervor, als er ihre Stimme hört. So klar, so deutlich, als wäre nichts passiert.

„Du, ich bin im Bad!"

„Das kann nicht sein." Tobias keucht. „Ich hab dich gesehen."

„Du, ich versteh dich nicht." Jemand klopft von Innen gegen die Zimmertür.

„Du warst in dem Auto!", stammelt er.

„Warte doch einfach mal kurz!" Und Tobias wartet. Und wartet.

„Tobias, ich komm jetzt raus, ja?" Er kann sie lachen hören. Es ist echt, denkt Tobias. Absolut echt.

Die Tür öffnet sich einen Spalt und Belindas grüne Augen schimmern in der Dunkelheit. „Huhu!", sagt sie. „Aufgeregt?"

„Wie bitte?"

„Was zur Hölle ist denn bitte…". Sie schaltet das Flurlicht an.

„Tobias, wie siehst du bitte aus?"

„Belinda!"

„Alter, was zur Hölle ist bitte hier los? Hast du dir Augenbrauen abgebrannt?" Sie macht einen Schritt auf ihn zu.

„Ich hab dich in dem Auto gesehen. Mit Henry. Du hast gesagt, das beendet ihr."

„Tobias, das ist jetzt nicht dein Ernst, oder? Jetzt fängst du damit an? Jetzt? Wenn dein Vater Geburtstag hat?" Sie wird lauter. „Jetzt, nachdem wir das so gut geklärt haben, kommst du mit diesem Scheiß nochmal an, bist völlig im Arsch und machst dieses Ding nochmal auf, ich glaub es nicht!"

Tobias sieht, wie ihr die Hörner aus dem Kopf wachsen.

„Aber schön! Wenn du willst: Es war gut, Tobias. Gut!"

„Belinda, sag das nicht."

„Ha! Belinda!" Ihre helle Stimme hat sich vertieft, „Nenn mich nicht noch einmal Belinda."

Tobias weint, als er zum Sprung ansetzt, sich auf die Gestalt stürzt und mit beiden Fäusten mehrmals auf den Kehlkopf schlägt. Er schreit, während er den Badezimmerschrank zerschlägt, den längsten Splitter des zerbrochenen Spiegels nimmt und ihn durch den Magen rammt. Er weint, während er zusammensackt, aber er merkt, er ist glücklich. So glücklich war Tobias schon lange nicht mehr gewesen. Er hatte es geschafft.

Sie sieht aus wie ein Engel, dachte Tobias, als er sie durch das Schneegestöber sehen konnte. Sie winkte ihm zu, blieb einen Meter vor ihm stehen und beugte sich in den Wind.

„Ich bin ein Schneemonster!"

Tobias verzog keine Miene. Sie auch nicht.

„Ok, du willst direkt reden?"

„Natürlich", sagte Tobias.

„Aber erstmal aus dem Schneesturm raus, oder?"

„Ja, einfach im Auto?"

„Ok."

„Also", sagte Tobias, als die Heizung anfing zu wirken. „Fängst du an?"

Sie atmete tief durch, als sie begann.

„Tobias, ich brauche das. Ich brauche das einfach. Und da geht es nicht darum, dass das mit dir nicht reichen würde. Es würde einfach nie reichen, verstehst du?"

„Ok.", sagte Tobias.

„Und das mit Henry, das ist nichts was irgendwie besonders wäre. Der ist strunz dumm, macht irgendeinen IT-Scheiß, ist..."

„...top trainiert, wird vermutlich bald viel Geld verdienen", sagte Tobias.

„Tobi, das ist mir scheiß egal, das weißt du."

„Belinda, ich komm damit klar."

„Ich komme damit klar", sagte Tobias in die anhaltende Stille.

„Du..."

„Ich mein das so. Ich finds aber scheiße, dass er in der selben Ministadt wohnt wie wir und dass wir mit ihm ständig Tischtennisspielen waren. Belinda, ich mein das ernst. Du kannst...kannst mit Leuten schlafen, wenn du willst. Aber ich will nicht, dass wir die Leute kennen. Und deswegen bin ich immer noch sauer, Belinda!"

Sie begann zu weinen. „Ich versteh das doch, Tobias, es tut mir auch leid...aber so ist es passiert. Ist jetzt so."

„Könnt ihr das beenden? Bitte?"

„Klar."

„Gibt es noch andere Sachen, die du mir erzählen müsstest?"

„Nein." Sie schaute ihm fest in die Augen.

„Ok." Da schwiegen sie.

„Das ist krass, Tobias", flüsterte sie. „Das hätte ich nach unserem letzten Gespräch nicht gedacht."

„Wir kriegen das hin", sagte er und nahm ihre Hand. „Dafür sind wir zu besonders."

Anne Jeschke:
Klaus zieht nicht aus

Klaus

Von seinem Wohnzimmerfenster aus sah Klaus die Bagger näherkommen. Er sah, wie ihre hungrigen Schaufeln die Mauern des Nachbarhauses abtrugen und wie ihre Ketten über die Trümmer hinwegwalzten, die einmal sein Block gewesen waren. Vor einem Dreivierteljahr waren die ersten Schreiben gekommen, da wusste Klaus es längst aus der Zeitung. Da, wo er seit 1985 wohnte, sollte in eineinhalb Jahren eine Shopping Mall stehen.

Anfangs hatte sich die Hausgemeinschaft gegen den Rausschmiss verschworen. Der Mieterverband kam, sie schalteten Anwälte ein und hängten Plakate an die Balkonbrüstungen. „Immobilienhaie zu Fischstäbchen", kritzelten sie mit Edding auf Laken oder „Wohnraum ist wichtiger als Konsumtempel". Doch rumpelnde Baumaschinen und bedeutungsschwangere Briefe von Anwälten zermürbten den Widerstand. Bald schon wickelten die ersten ihr Leben in Zeitungspapier und stapelten es in Umzugskisten. Als die Frist im November 2012 abgelaufen war, blieb Klaus allein zurück. Er klagte gegen die Firma Bauhans, die sein Haus gekauft und ihm gekündigt hatte, um es abzureißen. Seine Wohnung würde Klaus nicht freiwillig verlassen. „Mit zehntausend Euro haben sich die anderen kaufen lassen", empörte er sich bei seinem Anwalt Schmidelhuber.

Als Klaus an diesem Februarmorgen vor die Wohnungstür trat, um ins Büro zu fahren, stieg ihm der Gestank von Urin in die Nase. Zwischen der vierten und der dritten Etage standen Pisselachen auf den Stufen. „Das darf nicht wahr sein." Klaus hielt die Luft an, holte das Smartphone aus der Hemdtasche und dokumentierte die Sauerei. Er stieg über sie und nahm die nächsten Stufen. Kurz vor dem dritten Stock blieb er stehen, hielt sich am Geländer fest. Im Flur lag ein Bündel Mensch auf den Bodenfliesen. Nur der Kopf des Fremden schaute aus dem Schlafsack heraus, der einmal blau gewesen war. Sein Bart war verfilzt und Furchen im Gesicht erzählten von hartem Alkohol und noch härteren Nächten auf der Straße. Klaus näherte sich dem Schlafenden und schob ihn mit dem Fuß ganz leicht an.

„Was machen Sie hier?"

Der Mann schreckte hoch. „Du Wichser, verpiss dich."

„Verschwinde aus meinem Haus", brüllte Klaus den Obdachlosen an.

Als er im ersten Stock angekommen war, hielt er noch einmal an und schrie: „Dich bezahlt doch der Bauhans. Das hat ein Nachspiel, das garantier' ich euch!" Klaus rief bei Schmidelhuber an, Mailbox, irgendwas mit Prozess und Gerichtsterminen. Klaus legte schon vor dem Piepton auf und öffnete WhatsApp, um Schmidelhuber das Bild mit der Urinlache zu senden: „Jetzt schicken sie mir schon Penner in den Flur." Klaus war schon im Büro, als sein Anwalt antwortete. Er sendete nichts als ein Emoticon, den Kackhaufen. Klaus schleuderte das Handy zurück auf den Schreibtisch.

Jaroslav

Am späten Nachmittag desselben Tages saß Jaroslav im Führerhaus des Schaufelradbaggers, den er über die Baustelle steuerte wie andere ihren Kleinwagen über den Supermarktparkplatz. Erst als er Pause machte bemerkte er den Mann auf dem Balkon gegenüber. Er hatte gedacht, dass niemand mehr in dem Haus wohnte. Sein Kollege Mike prüfte gerade die Fassade des Hauses, es stand als nächstes auf dem Abrissplan. Der Mann, der in eben diesem Haus wohnte, hievte einen Eimer auf die Balustrade des Balkons und leerte ihn aus. Ein Schwall Wasser fiel in die Tiefe und traf Mike auf den Helm. Das Thermometer an Jaroslavs Haustür hatte am Morgen noch -2 Grad angezeigt. Es dauerte zwei, drei lange Sekunden, bis Mike sich das Wasser aus dem Gesicht gewischt hatte. Dann schaute er nach oben und schrie: „Du Arschloch, ich mach dich fertig!"

Er rannte los, die Kleidung klebte an seinem Oberkörper. Die Haustür stand offen, er nahm zwei Stufen auf einmal. Jaroslav rutschte aus dem Führerhaus des Baggers und folgte Mike in das Haus. Bumm, bumm, bumm. „Ich mach dich fertig." Bumm, bumm, bumm. Schon im Erdgeschoss war Mikes Gebrüll zu hören. Im vierten Stock legte Jaroslav seinem Kollegen die Hand auf die Schulter und zog ihn von der Tür weg.

„Lass gut sein, Junge. Der zieht sowieso aus."

Klaus schrie durch die geschlossene Wohnungstür:
„Ich zieh' hier nicht aus."

Noch einmal holte Mike aus und schlug gegen die Tür.

Klaus

Am Tag darauf, als Klaus sich den Morgenkaffee zubereiten wollte, lief rostbraunes Wasser aus dem Hahn. Wieder schickte er eine WhatsApp an Schmidelhuber: „Halte das gerade nicht aus, fahre in die Wohnung meiner Mutter, Ziegelhäuserstraße 3 in Heidelberg. ABER: Wir machen weiter. Reich die fehlenden Unterlagen ein und ruf mich heute Abend an." Klaus packte das Nötigste ein, zwei Jeans, drei Hemden, fünf Feinripp-Unterhosen, die Kalbslederschuhe und das Paar Schlappen aus Filz. Laptop, Handy, Ladegeräte. Die Thermoskanne, damit er die versiffte, klebrige Senseo-Maschine im Büro nicht benutzen musste. Mit seinem Opel Kadett, Baujahr 94, fuhr er die gut 20 Kilometer nach Heidelberg. Vor einem halben Jahr war seine Mutter an Lungenkrebs gestorben. In ihrer Wohnung stand noch alles an seinem Platz.

Jaroslav

Am Abend desselben Tages stand Jaroslav im 14. Stock des Glashauses, von dem aus sein Chef Wunden ins Stadtbild reißen ließ.

„Warum?" Jaroslav nestelte an der Vordertasche seines Blaumanns.

„Weil niemand hören muss, was der Boss mit uns zu besprechen hat."

Der Polier hielt die Hand ausgestreckt. Jaroslav zog das Smartphone mit dem vom Bauschutt zerkratzten Display aus der Brusttasche. Der Polier legte ihre Handys auf den Schreibtisch der Sekretärin, die sich schon vor zwei Stunden zum Französisch-Kurs verabschiedet hatte. Er schob Jaroslav ins Büro des Chefs.

Jaroslav sah den Mann, der ihm nun seit eineinhalb Jahren jeden Monat das Gehalt aufs Konto überweisen ließ, zum ersten Mal. Karlheinz Wörner, Geschäftsführer des größten Abrissunternehmens der Stadt.

„Guten Abend", sagte Jaroslav. Der Chef blickte nicht auf, sondern blätterte in Unterlagen. Der Polier deutete auf einen der Stühle am Konferenztisch. Jaroslav blickte verstohlen an seinem Blaumann hinunter, er setzte sich zögernd auf den samtgepolsterten Stuhl. Dann erhob sich der Geschäftsführer und kam auf ihn zu.

„Guten Tag, entschuldigen Sie, Herr Grajuszewski, ist viel zu tun gerade."

Jaroslav drückt viel sanfter zu als sonst, seine Hand kam ihm im Vergleich zu der des Geschäftsführers vor wie eine Pranke. Der Mann war eineinhalb Köpfe kleiner als er.

„Herr Grajuszewski, wir müssen etwas besprechen. Die Zeit drängt. Die Shopping Mall soll in einem halben Jahr hochgezogen sein. Wir sind bislang sehr zufrieden mit Ihrer Arbeit." Jaroslav atmete aus. „Jetzt haben wir aber ein Problem, das wir dringend lösen müssen – und dafür brauche ich Sie."

„Wenn ich behilflich sein kann, gerne."

„Der Wegner, ein Bewohner aus dem hässlichen 80er-Jahre-Bau da, die Nr. 7, viertes OG, links. Der weigert sich weiterhin, auszuziehen. Wegen dem sind wir schon drei Monate im Verzug. Bauhans, unser Auftraggeber, kann sich von dem nicht wie ein dummes Vieh am Nasenring herumführen lassen. Und der Bauhans, der ist nun mal unser wichtigster Kunde."

Der Chef stoppte und Jaroslav fragte: „Und wie kann ich Ihnen dabei behilflich sein?"

„Ich will, dass Sie die Wohnung abreißen."

Die Stille wog schwer im obersten Stockwerk des Glaspalastes hinterm Hauptbahnhof. Jaroslav stieß ein Lachen aus. „Ich soll was?"

„Du hast schon richtig verstanden", sagte der Polier.

„Ich kann doch keine bewohnte Wohnung abreißen." Jaroslav sah den Mann vor sich, der ihre Arbeit nachmittags hinter stickigen Gardinen beobachtete und der Mike mit Wasser übergossen hatte. Er schüttelte den Kopf.

„Wir sorgen natürlich dafür, dass er nicht da ist. Und ich will auch nicht, dass Sie die Wohnung komplett abreißen. Aber schon so viel, dass sich unser kleiner Fehler nicht wieder beheben lässt." Beim Wörtchen Fehler formte Wörner Anführungsstriche mit den Mittel- und Zeigefingern.

„Niemand außer uns dreien weiß was davon. Es sieht wie ein Versehen aus – und du wirst keine Nachteile davon haben", sagte der Polier.

„Im Gegenteil", sagte der Chef. „Im Gegenteil! Das verspreche ich Ihnen."

Eine Aufzugfahrt lang sagte Jaroslav kein Wort, auch der Polier blickte zu Boden. Vierzehn Stockwerke Schweigen. Erst an der Glasschiebetür des Bürohauses sagte er: „Schlaf die Nacht drüber – aber sei nicht dumm. Wenn du es morgen nicht machst, wird es übermorgen ein anderer machen. Machst du es, kannst du nächstes Jahr mit deiner Irina vier Wochen Urlaub in der Karibik machen. Oder Kinder. Wenn nicht, dann –"

Jaroslav wandte sich ab und sagte: „Oder Irina kann mich im Knast besuchen."

Er war nicht sicher, ob der Polier ihn noch hörte.

In der Nacht lag Jaroslav wach. Ein Uhr, zwei Uhr, drei Uhr dreißig. Er wälzte sich hin und her, träumte wirr und strampelte die Decke weg. Und kaum war er eingeschlafen, fuhr ihm der Wecker des Smartphones durch alle Glieder. Um sechs Uhr dreißig stieg Jaroslav in den kleinen Bus ein, der die Arbeiter zur Baustelle in der Innenstadt brachte. Als er zwei Stunden später den Polier vorfahren sah, versteckte er sich auf der Dixi-Toilette am Straßenrand.

Nach zehn Minuten öffnete er die Tür einen Spalt weit – der Polier lehnte an dem Baucontainer direkt gegenüber des Klos.

„Na? Haste dich entschieden?"

„Wie garantierst du mir, dass er nicht in seinem Wohnzimmer sitzt?"

„Lass das mal meine Sorge sein. Dir wird nichts passieren."

Jaroslav schüttelte den Kopf. „Weißt du eigentlich, in was für eine Scheiße du mich damit reitest?"

„Wir ziehen das durch. Denk an die Karibik."

„Kurwa w dupę pierdolona", murmelte Jaroslav und knallte die Tür des Baucontainers hinter sich zu.

Gegen Mittag schickte der Polier Jaroslavs Kollegen Toni, Mike, Ahmad und Adel auf die Baustelle nebenan. Sie sollten den restlichen Schutt für den Abtransport vorbereiten. Jaroslav zog sich ins Führerhaus seines Schaufelradbaggers hoch, Modell T-Rex. Behutsam navigierte er das Gerät in Richtung des Wohnhauses und brachte es in Stellung. Seine Hand zitterte, als er den Schalthebel nach rechts zog und die Schaufel damit auf Höhe des oberen Stockwerks Schwung holen ließ. Die Gardinen erinnerten ihn an die Stube seiner Großmutter in Bielsko-Biala. Jaroslav schwitzte.

„Nu mach", brüllte der Polier ins Funkgerät.

„Bist du ganz sicher, dass er nicht drin ist?", fragte Jaroslav.

„Hundert Pro, wir sind doch nicht irre."

Jaroslav bekreuzigte sich. Dann drückte er den Knopf, der die Schaufel entsicherte, und zog den Hebel nach links. Die Schaufel knallte zum ersten Mal dumpf gegen die Hauswand. Beim zweiten Mal zogen sich erste sanfte Risse durchs Mauerwerk. Die ersten Steine bröckelten ab, die Risse gruben sich tiefer. Ein fenstergroßes Loch legte das Leben Klaus Wegners frei: Raufasertapete, das braune COR-Sofa aus den 70ern, der Röhrenfernseher. Jaroslav stoppte die Schaufel. „Weiter, weiter", brüllte der Polier durchs Funkgerät. „Mach weiter." Der T-Rex fraß sich ins Leben des Fremden: Das Sofa knallte krachend vier Stockwerke hinab und zerbrach im Schutt. Die Stereoanlage überholte im Fall das Sideboard, auf dem sie gerade noch gestanden hatte. Beim Aufprall knickten die Beine des 60er-Jahre-Möbelstücks aus Teakholz ein und die

Oberfläche zerriss. Auch die Wand zwischen Wohn- und Badezimmer hielt dem Bagger jetzt nicht mehr stand. Der Spiegel, vor dem Klaus sich seit fast 20 Jahren zweimal wöchentlich rasiert hatte, zersplitterte auf dem Kachelboden. Spiegel, Scherben, Schuld, Pech. Jaroslav betete.

„Stopp, stopp, stopp!" Ahmad stand vor Wegners Haus, winkte und brüllte. „Die schmeißen ihn raus." Das Handy glitt Ahmad aus der Hand, als er Jaroslavs Nummer wählen wollte. Er sah den Polier an der West-seite der Baustelle stehen und rannte zu ihm hin. „Stopp, du musst ihn stoppen. Er reißt die Wohnung ab, wo der Verrückte noch drin wohnt."

„Was? Was? Ist der irre?" Der Polier riss das Funkgerät hoch. „Bist du irre? Halt sofort den Bagger an."

Jaroslav stoppte das Gerät. Wegners Wohnung lag vor ihm wie ein Pup-penhaus, das einer Horde zerstörerischer Geschwister zum Opfer ge-fallen war. Jaroslav rutschte langsam aus dem Führerhaus.

„Jaro hat einen Schock", sagte Ahmad. „Ich wollte die Schubkarre holen. Wäre ich doch nur früher gekommen."

Der Polier klopfte Ahmad auf die Schulter. „Gut gemacht, Junge."

Er bestellte ein Taxi, schob Jaroslav hinein und ließ ihn nach Hause bringen.

Klaus

Seit seiner Flucht vor einer Woche war Klaus nicht mehr nach Mann-heim zurückgekehrt. Seinen 63. Geburtstag hatte er bei Freunden in der Pfalz verbracht.

„Ich habe eine ganze Nacht lang nicht an sie gedacht. Nicht an Wörner und seine Abriss-Typen, nicht an Bauhans und seine größenwahnsin-nigen Pläne", sagte Klaus am Tag nach der Party zu Angela. Sie saßen auf dem Balkon der Heidelberger Wohnung, gerade groß genug für zwei. Sie frühstückten spät, Rührei und Filterkaffee.

„Wie lange willst du diesen Terror noch ertragen? Du kannst doch ein-fach hierbleiben oder zu mir ziehen", sagte Angela.

„Es geht mir ums Prinzip. Wohnraum darf kein Handelsgut sein. Und niemand braucht diese Shopping Mall. Irgendwer muss diesen Immobilienhaien zeigen, dass sie so nicht mit Menschen umgehen können."

Angela schüttelte den Kopf. „Du machst dich kaputt, psychisch und finanziell. Am Ende gewinnen die Mächtigen."

„Wir haben diese Diskussion schon hundertmal geführt. Du kennst meine Position."

Es kam Klaus gelegen, dass er die Postbotin davonradeln sah. Schmidelhuber hatte einen Nachsendeantrag für ihn gestellt. Klaus stand auf, holte den Schlüssel und lief die zwei Stockwerke hinab zu den Briefkästen. Dann öffnete er das Türchen, das leicht klemmte, zog einen Brief heraus und erkannte das Firmenlogo von Bauhans' Anwälten. Klaus riss den Briefumschlag auf und las auf dem Weg nach oben: „Aufgrund eines bedauerlichen Versehens sind an dem Gebäude Nr. 7 in der Fressgasse umfangreiche Abbrucharbeiten durchgeführt worden. Auch Ihre Wohnung ist von dem Abbruch betroffen. Wir bitten Sie ausdrücklich um Entschuldigung. Für Gespräche über eine Entschädigung bitten wir Sie, sich gemeinsam mit Ihrem Anwalt mit uns in Verbindung zu setzen." Klaus sackte noch auf der Treppe zusammen.

Als er wenige Minuten später den Autoschlüssel nahm, riss er das Schlüsselbrett vom Nagel.

„Was ist?"

Angela hob den Brief auf, den Klaus im Wohnungsflur hatte fallengelassen. Er war schon zur Garage gerannt. Er startete den Opel, überfuhr stadtauswärts eine rote Ampel und raste mit hundertachtzig Stundenkilometern über die A656 Richtung Mannheim.

Klaus stellte das Auto direkt an der Baustelle ab. „Arschloch!", brüllte ihn ein Radfahrer in der engen Fressgasse an. Klaus stürmte los, schob die Bauzäune auseinander und zwängte sich durch die Lücke. Im Schutt lagen die Reste seiner Möbel, zerkratzt, zerquetscht, zerbröselt. Das Logo eines Leitz-Aktenordners lugte aus dem Dreck hervor. Sein Leben lag in Trümmern und Fetzen zu seinen Füßen: Versicherungspolicen, Kontoauszüge, Zeugnisse.

Klaus schrie lautlos. Er drosch auf den Schaufelradbagger ein, bis die Haut an seinen Fingern platzte. Im Bauschutt zu seinen Füßen, er hatte die Schlappen noch an, lag die kleine Krawattennadel aus Gold, die sein Großvater als Gesellenstück gefertigt hatte. Klaus hob sie auf und sackte zusammen. Er wusste nicht, wie lang er an den Schaufelradbagger gelehnt auf der Baustelle gesessen und geweint hatte, als Angela neben ihm stand.

Der Abriss der Wohnung hatte gerade mal eineinhalb Stunden gedauert. Bis der Fall vor Gericht landete, dauerte es zwei Jahre. Sie schwiegen alle: Wörner, der Geschäftsführer der Abrissfirma, sein Polier und auch Bauhans, der Chef des Unternehmens, das die Shopping Mall plante. In den Akten, die die Beamten durchkämmt hatten, in den Ordnern und auf den Festplatten und SIM-Karten deutete nichts auf Vorsatz hin. Auch Jaroslav Grajuszewski, der Baggerfahrer schwieg. Der Richter stellte das Verfahren ein.

„Dem Bauarbeiter hat sein Fehler ganz schön zugesetzt", sagte der Staatsanwalt nach der Verhandlung zur Protokollantin.

„Na ja, der hat einen ganzen Hausstand in Schutt und Asche gelegt. Der Typ kann einem schon leidtun", sagte die Protokollantin.

Jaroslav war schmaler geworden als bei der ersten Vernehmung. Er wirkte fahrig und roch, der Staatsanwalt notierte das in seinen Akten, nach Alkohol. Jaroslav war der einzige der Männer von den beiden Baufirmen, der Klaus im Gerichtssaal angeschaut hatte.

Wieder zwei Jahre später – also vier Jahre, nachdem seine Wohnung abgerissen worden war – fand Klaus einen Brief vom Mannheimer Amtsgericht in seinem Briefkasten. Er wohnte jetzt dauerhaft in Heidelberg, in der Wohnung, in der seine Mutter gestorben war. Während er las, brach Klaus in bitteres Lachen aus. Es ging um die Klage gegen die Kündigung seiner Mietwohnung, die er im Herbst 2011 eingereicht hatte. Er las etwas vom Paragrafen fünfhundertdreiundsiebzig des Bürgerlichen Gesetzbuches. Der erlaubt es dem Eigentümer, seinem Mieter zu kündigen, wenn er sonst „an einer angemessenen wirtschaftlichen Verwertung des Grundstücks gehindert wird und dadurch erhebliche Nachteile erleidet." Wegner hatte oft genug mit Schmidelhuber über diesen Paragrafen gesprochen.

Um diese Nachteile zu belegen, muss der Eigentümer dem Mieter ausführliche Aufstellungen von Mieteinnahmen und Sanierungskosten vorlegen. Die Kündigung, die Klaus bekommen hatte, war gerade einmal zwei Seiten lang. Jetzt, viereinhalb Jahre später, urteilte das Landgericht: „Die Kündigung war unwirksam."

Karl Grünberg:
Der Auftrag

I

Diese Augen, so goldbraun, so weich wie der Honig, den Achim sich so gerne von seiner Mutter auf sein Butterbrot schmieren ließ. Doch auf diese Augen durfte er nicht reinfallen, dass wusste Achim schon. Denn wenn er seine Hand hob, um dieses weiche einladende Fell zu streicheln, zog der Hund seine Lefzen nach oben, knurrte bösartig und entblößte seine Zähne, mit denen er Dinge tun konnte, die Achim sich nicht vorstellen wollte.

Achim mochte keine Hunde. Doch ohne diesen Hund gab es keinen Rundgang. Und ohne Rundgang wäre Achim nichts Besonderes mehr, müsste wie die anderen Kinder im Werkunterricht sitzen. Mit Rundgang war Achim aber jemand, zu dem die anderen aufschauten, vor dem man Angst hatte. Das mochte er. Das gab ihm so ein warmes Gefühl, dass sich von der Brust bis in den Bauch ausbreitete.

Außerdem hasste er Werkunterricht. Seine Hände waren ungeschickt und viel zu weich. Es waren die Hände seines Vaters. Schreibmaschinenhände waren es. Bürohände. Viel lieber hätte Achim die Hände von dem neuen Chef seines Vaters gehabt. Hart waren die und rau. Mit dieser Hand schlug der neue Chef den Franzosen auf den Schädel, wenn die nicht sofort gehorchten. Mit dieser Hand nahm er die Leine des Hundes und gab diesem einen Schlag über die Schnauze.

„Da wo es am meisten weh tut", hatte er Achim erklärt. „Nur so bekommst du seinen Respekt." Dann sollte Achim es auch probieren. Sollte auch dem Hund über die Schnauze schlagen. Achim zögerte.

Er hatte noch nie jemanden geschlagen. Auf dem Schulhof gab er dem Stärksten der Jungs einfach etwas von seinem Pausenbrot ab, Wurst und Käse und viel Butter. Wenn ihn dann noch jemand ärgerte, erledigte der Junge das für ihn. Achim fand sich ziemlich trickreich dafür. Als die Hitlerjungen abkommandiert wurde, um zu lernen, wie man im Schlamm kroch und wie man Panzersperren aushob, da meldete Achim sich beim Rundfunk-Jungenchor. Singen konnte er zwar nicht. Er war aber sehr gut darin, im richtigen Moment die Lippen zu bewegen. Während die Uniformen der anderen verdreckt waren, sah seines immer frisch und sauber aus.

Achim war zufrieden mit sich und seiner Art durchs Leben zu flutschen. Bis er Karl Hanke kennen lernte, SS-Obersturmbannführer, neuer Gauleiter von Breslau und damit auch der neue Chef seines Vaters. Hanke war persönlich von Hitler hierher beordert worden, hatte sein Vater erzählt. Jetzt lief es zackiger in Breslau ab. Beim Bäcker flüsterten sie von vielen Hinrichtungen, die jetzt abgehalten wurden, als Straße für Zwangsarbeiter, die nicht schnell genug arbeiteten.

Achim sollte sein Vater vom neuen Büro abholen, da sah er Hanke zum ersten Mal. „Herr Schwartz", sagte dieser zu Achims Vater, „ist das Ihr Junge?" „Jawoll, Herr Obersturmbannführer." „Na, dann wollen wir uns den doch einmal ansehen, ob der genauso weich ist wie sie, nicht Herr Schwartz." In diesem Moment schämte sich Achim für seinen Vater. Erst jetzt fiel ihm auf, dass an seinem Vater wirklich alles weich war, die runden Schultern, die schlaffen Hände, die weinerliche Stimme. Hanke war das komplette Gegenteil. Jede Bewegung hatte ein Ziel. Seine Stimme zerteilte den eigenen Willen in kleine Hälften und hinterließ den unbedingten Wunsch zum Gehorchen. Sein Blick schien jede noch so kleine Verfehlung zu registrieren.

„Ihr Sohn", wiederholte Hanke. „Der soll mal in mein Büro kommen, ich habe da vielleicht eine Aufgabe für ihn."

Stille. Der Vater sah seinen Sohn an. Der Sohn setzte sich in Bewegung, schritt so zackig wie er konnte, wie einer seiner Aufziehsoldaten, mit denen er früher gespielt hatte, dem Gauleiter hinterher.

Da stand er nun, die Tür geschlossen, kein Entrinnen. Vor ihm der Hund, der ihn mit seinen Honig-Augen ansah, der ihn mit seinem tiefen Grollen anknurrte. Achim wog die Leine in der Hand, diese breite ledernde Leine.

„Schlag zu", sagte Hanke nüchtern.

Achim schaute in die goldgelben Augen des Hundes.

Achim spürte, dass das eine Art Test war, ein Moment der Entscheidung. Schlug er zu, war alles gut. Schlug er nicht zu, schickte Hanke ihn vielleicht weg. Redete nie wieder mit ihm. Also schlug er zu. Der Hund jaulte auf. Dann leckte er Achims Hand. „So geht das also, ziemlich einfach", dachte Achim.

Das war vor fünf Wochen. Seitdem war Achim jeden Montag ins Büro des Gauleiters gegangen hatte den Hund bekommen und eine Liste mit Adressen. Seine Arbeit war die Zwangsarbeiter zu kontrollieren. Die Franzosen, die bei den Landwirten, Bäckern, Handwerkern, auf den Baustellen eingesetzt waren. „Schau ob sie auch wirklich arbeiten. Wenn nicht, meldest du sie mir."

Bisher hatte Achim niemanden gemeldet.

II

Die Montage waren von nun an Tage des Glücks. Er lief durch die Straßen, den Schäferhund an seiner Seite, den Zettel in der Hand und irgendwie schien jeder zu wissen, dass er einen wichtigen Auftrag hatte. Er spürte ihre Blicke, er glaubte darin Neid und Ehrfurcht funkeln zu sehen. Es war, als ob ein kleiner Hanke auf seinen Schultern saß und ihm etwas von seiner Macht abgab. Doch diesen Montag war etwas anders.

Hanke hatte Hund und Liste gegeben, hatte ihn angeschaut und gesagt: „Bisher hast du niemanden gemeldet. Du gehst deine Runden? Du kontrollierst die Franzosen?"

Schweigen. Achim weiß nicht, was er sagen soll.

„Oder bist zu weich für diese Aufgabe. Muss ich mir jemanden anderen suchen? Das wäre gar nicht gut, wirklich nicht."

„Sie können sich auf mich verlassen, mir entgeht niemand", hatte Achim sich sagen hören.

„Sicher?"

„Todsicher."

„Guter Junge."

Achim schlich durch die Straßen von Breslau, ließ sich vom Hund ziehen, dachte nach. Heute musste er jemanden erwischen. Doch was war, wenn alle arbeiteten? Er könnte ja einfach so tun, als ob einer nicht arbeitete. Was sollte ihm schon passieren? Der Franzose würde das abstreiten, aber keiner würde ihm glauben. Schon spürte er das bekannte Glücksgefühl in ihm aufsteigen, das ihn mit Soldatenschritten über die Pflastersteine laufen ließ.

Erste Station war diesmal eine Bäckerei. Tür auf. Glocke klingelte. Der süße Duft von Gebäck empfing ihn. „Heil Hitler" schmetterte er. Die Frau hinter dem Tresen erschrak. Jung war sie, so alt wie Achim. Das musste eine Gehilfin sein. „Heil Hitler", sagte sie leise zurück. Achim musterte sie, etwas regte sich in ihm, von dem er nicht wusste, was er genau war. Er war schon 14, er träumte von Mädchen, aber auf eine Art und Weise, die noch irgendwo zwischen Unschuld, Unwissenheit und Neugierde steckte. „Ich muss die Franzosen kontrollieren. Auftrag von der Gauleitung. Wo sind sie?"

Sie zeigte nach hinten in Richtung Backstube.

„Der Hund muss aber hierbleiben", sagte sie.

„Der kommt mit", sagte Achim.

Da sagte sie nichts mehr.

Achim schob den Vorhang beiseite. Dahinter war es gleich um ein paar Grad heißer. Dort standen die Backöfen. Da die Tröge mit dem Teig. Die drei Franzosen standen am Tisch und formten Brötchen. In die Arbeit versunken, schweigend. Achim musterte sie. Alle arbeiteten im selben stätigen Rhythmus, keiner schien nachlässig zu sein. Achim trat auf sie zu, den Hund an seiner Seite, die Leine fest in der Hand.

„Heil Hitler", schnarrte er, so wie Hanke es immer tat. Dann fiel ihm ein, dass man Zwangsarbeiter gar nicht grüßte. Sie waren es nicht wert. „Nummern?", fragte er schnell. Die drei zuckten zusammen, musterten ihn kurz, sahen den Hund, die Liste, die Uniform, darin den kleinen, dicken Jungen mit rotem Kopf. Sie atmeten auf, keine SS, nur ein kleiner Wichtigtuer. „Eine Nummer will er", sagten sie auf Französisch und lachten laut. „Vielleicht will er ja eine Nummer schieben."

Achim war sofort klar, dass sie über ihn lachten. Er spürte den kleinen Hanke auf seiner Schulter, der ihm ins Ohr flüsterte: „Willst du weich sein oder willst du ein Mann sein?" Achim trat auf die drei zu, der Hund spürte seine Erregung und knurrte, erst leise, dann lauter, dann bellte er. Sofort verstummten die Franzosen. Einer nachdem anderen sagte seine Nummer. Das Grinsen in ihren Gesichtern blieb. Achim hakte sie ab.

Als er wieder im Verkaufsraum stand, merkte er, wie aufgeregt er war, wie sehr er schwitzte. Das Mädchen schaute ihn an. „Alles in Ordnung mit dir?" Er rannte aus der Bäckerei, der Hund hintendrein. Rannte um die nächste Ecke, blieb vor einem Herrenmodegeschäft stehen und schämte sich. Sein Blick fiel in die Schaufensterscheibe. Er sah sich, so wie die Franzosen gesehen hatte. Dick, weich, mit rotem Kopf. Er würde nie wie Hanke sein. Nie. Er war ein weicher Junge, der Junge seines Vaters. Respekt hatten alle vor dem Hund des Gauleiters, aber nicht vor ihm. Sein Blick fiel auf die Liste, auf die Nummern. „Na wartet", sagte er zu sich.

III

Schuster, Baustelle, Wasserwerk, Konservenfabrik – Achim klapperte die Stationen ab, höflich nähere er sich den Männern, leise fragte er nach ihren Nummern. Sein Elan war verloren gegangen. Sein Glück schon fast vergessen. Dafür war da diese Wut. Dann kam er zur Wäscherei. Er betrat den Verkaufsraum, wieder klingelte die Türglocke, doch niemand war da. Er wartete, er rief, aber keiner antwortete. Eine unnatürliche Stille war zu hören. Er wollte sich eben abwenden, als er ein leises Stöhnen hörte. Er lief in den Waschraum. Es roch nach Seife. Die Luft war voller Dampf vom warmen Wasser. Ein Kessel hing über einem eisernen Ofen. Ansonsten war hier niemand. Er ging weiter, betrat den Hof, in dem sich Feuerholz stapelte. Eine Treppe führte in einen Keller. Langsam näherte er sich, ging sie hinab. Angst hatte er keine, neugierig war er, seine Wut und die Selbstzweifel vergessen. Er betrat den Kellerraum, niemand. Aber im zweiten Raum sah er auf einmal Schatten an der Wand, die sich bewegten, die sic mit einander verschmolzen und sich wieder von einander lösten. Dazu wieder dieses

Stöhnen. Plötzlich bellte der Hund. Die Schatten sprangen von einander weg. Kurzes Gemurmel, Geräusche von Kleidung, die sich angezogen wird. Dann standen sie vor ihm. Eine Frau, ein Mann und schauten verlegen auf dem Boden. „Ich muss den Arbeiter kontrollieren", murmelte Achim, der immer noch nicht ganz verstand, was hier vor sich ging. Der Mann räusperte sich, sah erst die Frau an, die nickte, dann sagte er seine Nummer. Achim notierte sie, wendete sich ab, ging nach oben.

Plötzlich spürte er einen Arm an seiner Schulter. Die Frau stand ganz dicht bei ihm. Sie drehte ihn um. Sie war vielleicht 30 Jahre alt. Ihre Haare zum Zopf gebunden. Ihr Atem roch nach Pfefferminzbonbon. „Junge", sagte sie. „Hitlerjunge Schwartz", erwiderte Achim. „Hitlerjunge Schwartz", setzte sie erneut an und kam noch näher. Ihr Gesicht vor seinem. „Du wirst doch nichts sagen?", bat sie. Da endlich verstand er, was er da gesehen hatte. Der Zwangsarbeiter und sie, sie hatten miteinander verkehrt. Das war verboten. Das wusste er. Das musste er melden Er sah ihr in die Augen. Sie blickte zu Boden, die Angst im Gesicht. Plötzlich war das Gefühl wieder da. Das Glück, der Elan.

IV

Den ganzen Weg hatte Achim überlegt. Hatte sich ein Eis gekauft, hatte es geschleckt, hatte dem Hund etwas abgegeben. Doch geschmeckt hatte er es nicht. Achim wusste nicht, was er tun sollte. Sollte er die drei frechen Franzosen aus der Bäckerei melden, die ihn ausgelacht hatten? Aber die hatten gearbeitet. Oder den Franzosen aus der Wäscherei. Oder gar keinen. Dann bekam er vielleicht Ärger von Hanke, würde er nie wieder die Runden gehen dürfen, dann war er endgültig der weiche Achim.

Achim betrat das Büro. Der Gauleiter schaute ihn an. Hob die Augenbrauen. „Heil Hitler" rief Achim. „Ich habe eine Meldung zu machen." „Ich wusste es doch", sagte der Gauleiter und grinste. „Guter Junge, guter Junge." Da lief der Hund zu seinem Herren und der Gauleiter rief noch einmal: „Guter Hund, guter Hund."

Franziska Pröll:
Mona lädt aus

Mona muss noch mal zu Netto, weil sie nicht alles mit einem Einkauf schafft. Sie schleppt die Getränke in den fünften Stock. In der Küche öffnet sie den Kühlschrank. Die Bierflaschen stapelt sie ins unterste Fach. In die Mitte legt sie zwei Flaschen Wein. Ins Gemüsefach kommt der Haselnussschnaps.

Sie gibt sich alle Mühe, den Parkettboden ihrer Dachgeschosswohnung bis in die letzte Ecke zu polieren. Bis alles glänzt. Die Hitze drückt an diesem Abend im Juli. Mona wischt sich den Schweiß von der Stirn. Glitzerbuchstaben, auf eine Schnur gefädelt, hängen an der Wand: Happy Birthday! Auf dem Küchentisch liegt die Geburtstagskerze, goldene Ziffern: dreißig.

Mona muss gähnen. Sie lässt sich rückwärts aufs Sofa fallen, blinzelt, richtet sich wieder auf. Sitzt einen Augenblick. Sie steht auf, geht in den Flur. Schlüpft in die Sneakers, nimmt den Schlüssel, geht langsam die Treppe hinunter, verlässt das Haus.

Auf dem Gehweg kommt ihr ein altes Ehepaar entgegen. Sie stützen sich gegenseitig. Einer gleicht des anderen Gebrechlichkeit aus. Er erzählt was Lustiges. Sie schüttelt sich vor Lachen. Beide sind gut gekleidet. Er in Polohemd und Sneakers von Lacoste. Sie mit Gucci-Sonnenbrille im Haar und Silberarmband von Pandora.

Eine Frau mit streng zurückgekämmtem Haar läuft an ihr vorbei, trägt einen satinblauen Hosenanzug, zieht einen Trolley hinter sich her, haucht in ihr Smartphone. „Ja, ich freue mich auch. Bis morgen, mein Schatz!"

Im Park, nur ein paar Straßen von Monas Wohnung entfernt, spielt eine Gruppe von Jungen und Mädchen Fußball. Mit Trinkflaschen und Jacken haben sie auf dem Rasen zwei Tore markiert. Dazwischen fechten sie ihre Zweikämpfe aus. Wenn einer fällt, reicht der andere ihm die Hand. Sie ziehen einander hoch, sie lachen.

Mona setzt sich auf eine Bank.

Ein paar Meter weiter sitzt eine Mutter auf dem Sandkastenrand. Man sieht ihr nicht an, dass sie vor kurzem schwanger war. Strahlend hält sie dem Kind, das vor ihr im Sandkasten sitzt, die Schaufel hin. Das Kind nimmt sie, klatscht auf dem Sand herum. Der Vater des Kindes kommt dazu, gibt seiner Frau einen Kuss auf die Wange, streichelt dem Kind über den Kopf.

Mona starrt ein paar Minuten geradeaus, holt das Handy aus der Hosentasche. Öffnet WhatsApp. Tippt die erste Nachricht.

Liebe Jana, leider hat mich eine blöde Erkältung erwischt. Echt doof, aber ich muss die Party morgen absagen. Lass uns die Tage mal treffen und was trinken.

Tippt die zweite Nachricht.

Liebe Lissi, mir fällt voll die Decke auf den Kopf. Ich muss mal raus, brauche Luft zum Atmen und verreise spontan. Die Party holen wir nach, wenn ich zurück bin. Ich melde mich.

Die zweite Nachricht kopiert Mona. Schickt sie an Eva. Dann an Tim. Dann an Manuel.

Tippt die dritte Nachricht.

Liebe Mama, ich fahre spontan mit Freundinnen über meinen Geburtstag weg. Werde morgen nicht ans Handy gehen können. Nur dass du Bescheid weißt. Wir können die nächsten Tage telefonieren. Deine Mona

Mona geht nach Hause. Sie öffnet den Kühlschrank, holt den Haselnussschnaps aus dem Gemüsefach, nimmt ein Schnapsglas aus dem Schrank, schenkt sich ein. Auf dem Küchentisch vibriert das Handy. Mona drückt weg.

Pia Stendera:
Drüber

Andy hat in der Schule nie abgeschrieben, sonst säße er an diesem Dienstagmorgen vielleicht woanders. Auf einer Sonnenterrasse an der Côte d'Azur, oder zumindest an irgendeinem Frühstückstisch. Sicher nicht in der Fahrerkabine dieses Pritschenwagens. Der Mief hier drinnen ist eine Mischung aus verklumptem Staub, toten Kippenstummeln und abgehangenem Wunderbaum Sorte Piña Colada. Selbst bei 120 Stundenkilometern und offenen Fenstern fände er keinen Ausweg.

Andy lässt die Fenster geschlossen und tastet, ohne hinzusehen, mit der rechten Hand in der Mittelkonsole nach einer Pappschachtel, aus der er sich eine Fluppe fummelt. Die steckt er sich zwischen die verhornten Lippen, wühlt weiter nach dem blauen BIG-Feuerzeug, lässt das Zündrädchen ratschen. Eigentlich ist alles am Rauchen geiler als das Rauchen selbst, denkt er, während sich Nikotin und Teer in sein Pappmaul fressen.

Im Radio Acht Uhr die Nachrichten. Er sieht auf das Radio, schaltet weiter. Es rauscht. Drückt man nun kurz oder lang auf den Pfeil, damit der nächste Sender und nicht nur 0.5 Hertz mehr angesteuert werden? Kurz. 80er, 90er und das Beste von heute. Lang. Rauschen. Kurz. Bundesarbeitsminister Hubertus Heil stellte an diesem. Kurz. We don't need another hero! Düdümm. Kurz. Rot-weiß ist zu Hause angekommen und leckt die Wunden. OFF. Die Zigarette auch gleich im Aschenbecher unter dem Radio. Dabei sieht Andy, dass die oberen Glieder des rechten Zeige- und Mittelfingers vom Wochenende gelb angelaufen sind. Er reibt den Daumen abwechselnd an beiden Fingern, das Nikotingelb bleibt. Er greift mit der Rechten wieder ans Lenkrad, setzt mit der Linken den Blinker, tritt auf das Gaspedal, zieht auf die Überholspur, dann wieder auf die rechte ohne Blinker. Blick in den Rückspiegel, zurück auf die Straße, wieder in den Rückspiegel. Diesmal sieht er nicht die Schnecke im Fiat Punto hinter sich an, sondern seine lahmen Augen. Von dem unteren Lid zieht sich ein blutroter Schimmer durch alle erdenkbaren Äderchen bis zum oberen Lid, das aufgequollen wie eine Wasserleiche auf dem Augapfel hängt. Schlafloses Wochenende. Dirty Dienstag.

Vor zwei Wochen rief ihn die Mutter an, um das wöchentliche Abendbrot mit seiner Schwester Ines von Montag auf Dienstag zu verschieben. Eine Beerdigung sei dazwischengekommen. „Wer sich an einem Montag beerdigen lässt, erwartet keinen Abschied", sagte er. Sie lachte nicht. Er sagte: „Dienstag also" und legte auf.

Seit Jahren trafen sie sich Montagabend zu Graubrot, Teewurst und Gurkenscheiben. Andys Appetit hielt sich in Grenzen, doch ansonsten war Montag der perfekte Tag zur Pflichterfüllung. Andy war ein Meister darin geworden, die verspannte Luft so zu jonglieren, dass im Anschluss alle wieder unbeschadet in ihre eigenen Leben zurückkehren konnten, von denen die anderen rein gar nichts wussten. Am letzten Dienstag gelang es ihm hingegen nicht. Schon im fahlen Neonlicht des Fahrstuhls in den Fünfzehnten hoch sah er die eingegrabene Erschöpfung unter seinen Augen. Die Flanke stand offen.

„Was ist denn los, Andreas?", fragte die Mutter und spuckte dabei einen Krümel auf den Teewurstteller.

„Alles gut."

„Du hängst da wie ein Kartoffelsack", sagte Ines und zog einen Rosinenmund, um ihr Grinsen in Zaum zu halten.

„Was willst du denn jetzt?"

„Rede mal anders mit der Ines!", sagte Mutter.

„Was mach ich denn?"

„Sag mal, hast du etwa gesoffen?", fragte Ines mit hochgezogenen Augenbrauen und rollte ihre Augen von Andy zur Mutter hinüber.

„Du trinkst?", fragte die Mutter.

„Was soll der Scheiß, Ines?"

„Ich hab' gesagt, du sollst nicht so mit deiner Schwester sprechen!", die Mutter hielt sich am Tisch fest.

„Erklär du uns doch mal lieber, was du eigentlich so treibst. Du bist doch völlig durch", sagte Ines.

„Wie, du trinkst?", fragte Mutter.

„Schön saufen, wie der Vater, so der Sohn!" Ines zog die Biertulpe von Andys Teller weg. „Willst du nicht lieber mal ein Wasser haben?"

Mutter schaute aufgeregt hin und her. Ines und Andreas. Stechende und ausgeleierte Augen. Das eine Kinn an-, das andere zurückgezogen. Das abschließende Urteil war noch nicht gefällt, doch die Chancen standen nicht gut. Hätte Andy gewollt, hätte er auch gekonnt. Doch er ging. Die Kraft reichte gerade noch, um vorher Ines Blick haltend das Bierglas zu exen – oder zumindest mit gepressten Schlucken zu leeren.

Nur Amateuren fällt das Wochenende am Montag auf die Füße. Das Restamphetamin trägt dich über den Montag hinweg und rotzt dich erst am Dienstag aus. Dann klatschst du irgendwo ran, hängst rum wie ein Eumel an der Scheibe einer Bushaltestelle oder liegst schwitzend zuhause oder klammerst dich, wie er an diesem Tag, auf der Autobahn mit deinen schweißnassen Pfoten ans Steuer.

Andy kurbelt das Fenster runter. Als er vor einer halben Stunde den Wagen vom Firmengelände holte, war die Luft noch offen für alles. Jetzt ist sie zu voll, um noch einen klaren Gedanken zu fassen. Diese Luft sticht in Andys Stirn, in die Schläfen, in den Hinterkopf. Es ist einer dieser Tage, an denen sich schon morgens eine Hitze verbreitet, die den Tag in die Unendlichkeit dehnt, wie ein speicheldurchzogenes Kaugummi. Brutal, für einen Kater wie diesen.

Ein vorausliegender Tunnel verspricht einen letzten kühlen Atemzug. Die Tunnellichter tanzen auf den entgegenkommenden Wagen wie junge Flammen. Deren Innenleben pendelt raus aus dem Landhaus, rein in die Stadt. Erst haben sie die Städte unbezahlbar gemacht, jetzt noch das Umland, denkt Andy und tritt einmal mehr aufs Gaspedal. Der Tunnel saugt ihn zurück in den Rausch der vergangenen Nächte. Das monotone, hallende Rauschen, geruchlose Luft, die dumpfen Lichter, alles bewegt sich – oder steht alles still?

Als er den Tunnel verlässt, beißt ihn erst das Tageslicht, dann ein

Blitzer. Für den wird er bis elf Uhr arbeiten. Für die wird er sein Leben lang arbeiten.

Andy drückt den gelben Knopf in der Mittelkonsole. Jetzt müssten über seinem Kopf zwei Lichter aufgeregt kreisen. Als er den Job vor anderthalb Jahren anfing, gefiel ihm dieser Part am besten. Der Schock in den Augen der Statisten im Rückspiegel – unbezahlbar. Inzwischen fühlt er keine Genugtuung mehr darin. Andy setzt den Blinker und zieht auf den Standstreifen. Zügiges Bremsen, der Druck vom Gurt presst ihm Übelkeit in den Kehlkopf, und er steht. Lautes Fiepsen zwischen seinen Ohren übertönt für einen Moment alles andere. Dann greift er zur Tür. Im ersten Öffnen liegt zu wenig Kraft, nur ein Spalt. Beim zweiten Mal stößt er die Tür so weit auf, dass nur ihr Gelenk sie davon abhält, an die Schnauze des Wagens zu knallen. Innerhalb von Sekunden heizt das Auto auf Außentemperatur: Sahara.

Andy flieht geduckt in die Arbeit: Steigt die Treppenstufe auf die Pritsche, in den kleinen Kranwagen, greift sich Farbeimer und Rolle, drückt den Knopf mit dem Pfeil nach oben, um mit der Kabine an das obere Ende der Lärmschutzwand zu kommen. Mit der Kabine steigt sein Puls, der Autobahnlärm peitscht. Jedes vorbeifahrende Auto sprengt seinen Schädel. Erst oben angekommen fällt ihm auf, dass er weder Warnweste noch Helm trägt. Scheiß drauf.

Andy öffnet den Farbeimer, darin ein Grünton namens Pinienreif. Inzwischen drücken die Kopfschmerzen auf seine Augen. Er sieht nur noch verschwommen, aber selbst halb erblindet würde er noch erkennen, dass die Lärmschutzwand nicht Pinienreif ist. Wenn er eines aus der Malerlehre mitgenommen hat, dann dass diese Wand allenfalls in Grünspahn gestrichen sein kann. Vom Halswirbel aus breitet sich Wut über der Schädeldecke aus. Andy tastet mit flachen Händen die Taschen seiner kurze Arbeitshose ab. Eher reflexartig, weiß er doch, dass die Zigaretten noch in der Mittelkonsole liegen.

Seine Arbeit wird gesehen werden, obwohl es doch ihr Zweck ist, unsichtbar zu machen. Er malt Rechtecke in dieser Elendshitze, zwischen Kater und Cold Turkey, jeder wird sie sehen, so wie sie jetzt die Graffiti sehen. Seine Rechtecke sind nicht weniger politisch – eine Gewinnerpose maßloser Spießigkeit.

Nun schaut er das erste Mal auf, sieht, was er eigentlich übermalen soll: Rot-Weiß.

Er sieht sich um, sucht Halt an der Straße. Die Hitze verflüssigt sie, Fata Morgana. Alles Scharfe wird dumpf, gedrosselt, geräuschlos. Aus dem Horizont schwimmt ein Wagen auf ihn zu. Die Beifahrerin hat die Füße auf den Rand des Armaturenbretts abgelegt, einer hängt sogar vor dem Seitenspiegel. Wann hat er das Vertrauen verloren, dass am Ende alles gut wird?

Dass er zur Seite kippt, merkt er erst, als er wie ferngesteuert das Geländer des Kranwagens fest umklammert. Er muss hier runter. Pfeil runter, der Kran ist so ätzend langsam, wie kann etwas elektrisch Betriebenes so langsam sein. Er würde gern den Farbeimer herunterschleudern und sich gleich hinterher. Nur, was gäbe das für eine Sauerei, und irgendein armes Schwein müsste den Dreck wegmachen. Er presst Luft aus sich heraus, so kontrolliert und anhaltend wie bei einem Lungenfunktionstest; überlegt, dabei zu zählen, doch er findet keine Zahlen. Ein Ruckeln, ein Ankommen. Erst unten merkt er, dass ihm die Suppe aus jeder Pore läuft. Das T-Shirt klebt schon an der Wirbelsäule.

Andy springt von der Pritsche über die Stufe hinweg auf den Asphalt. Er schaut auf seine Beine, überrascht, dass sie ihn gehalten haben, als ein röhrender Motor direkt vor ihm auf dem Standstreifen verstummt. Ein Opel GT 1900, Magmarot – Baujahr 1970, Vierzylinder, 90 PS, Leergewicht 940 kg, Hubraum 1897 cm^3, auf Hundert in elf Sekunden. Supertrumpf. Andys Lieblingskarte im Autoquartett der Siebziger.

„Hey.“

„Morgen“, Andy sieht nicht vom Wagen auf.

„Ein Kindheitstraum.“

„Ja.“

Der Mann greift in den Wagen. Die Motorhaube öffnet sich – nicht nach vorn, sondern zur Scheibe hin, als würde sie das Herz des Wagens bis zum Schluss beschützen wollen.

„Ich denke, es könnte der Kühler sein.“ Der Typ stellt sich auf die Rasenfläche links neben den Wagen und schaut auf den Motor.

„Aber eigentlich habe ich keinen Plan. Haben Sie Ahnung?“

„Ich kann mal gucken. Warte kurz. Ich hol mir nur kurz eine Fluppe“, sagt Andy, dreht sich um und steuert in Richtung Fahrerkabine des

Pritschenwagens. Das T-Shirt klebt inzwischen selbst an den Schulter-blättern.

„Wollen Sie vielleicht lieber erstmal ein Wasser haben?"

Andy bleibt stehen, atmet einmal tief ein und aus und dann geht alles ganz schnell. Er dreht sich um, geht zurück zum GT mit festen aufrech-ten Schritten. Er hebt den linken Arm und greift hinter die Motorhaube. Mit der Hand umschließt er den Kopf des Typen, sie wird zur Pranke und knallt ihn auf den flachen dampfenden Motorblock. Einmal. Zwei-mal. Dreimal, viermal, fünfmal, sechsmal, siebenmal, achtmal. Dann zieht das Gewicht des laschen Körpers den Kopf zu Boden.

Andy stolpert davon. Hinter der Lärmschutzwand liegt eine Wildblu-menwiese. Er reißt sich das T-Shirt über den Kopf und schleudert es von sich. Wenn er eines aus den Filmen mitgenommen hat, dann, dass sie nach der Farbe seines T-Shirts fahnden werden. Kobalt, werden sie der Polizei sagen. Mit Schweiß durchtränkt, vielleicht auch Azur.

Sophie Laaß:
TikTokTot

Berlin Moabit, Turmstraße

In der Nacht ist es heiß und leuchtet.

Die Bürgersteige glänzen ziemlich, niemand hat auch nur ein Taschentuch darauf liegenlassen. Die Cafés haben seit ein paar Stunden geschlossen. An den Häusern dazwischen hängen übergroße Werbetafeln. Von den Bildschirmen lächelt eine Influencerin, preist einen Aktienfonds an. Dann wechselt das Bild, eine Wahlkampagne mit Untertiteln auf Englisch, Deutsch und Türkisch.

Neben den Werbetafeln Kameras. Wer betrunken über die Turmstraße geht, wird von der Gesichtserkennung erfasst und bekommt eine Verwarnung. Deshalb trinken die Leute nur noch zuhause. Berlin pulsiert sich das Leben aus den Adern wie eine untergehende Hochkultur.

Heute Nacht verirren sich in die Turmstraße nur zwei verzweifelte Gestalten.

„Digga, jetzt steck doch mal das Messer weg."

Der eine weiß, dass der S. das nur aus Nervosität tut: Den Schmetterling mitbringen, um seine unruhigen Hände damit beruhigen zu können, dass er ihn um sie herumdrehen kann wie einen Fidget-Spinner.

Widerwillig steckt S. das Messer in die Tasche. „Dann mach schnell. Schließlich bin ich wegen dir hier."

Die beiden beschleunigen ihre Schritte und machen vor einer Metalltür Halt.

S. kramt einen Schlüssel aus der Tasche. Ratsch.

Sie treten ein und steigen lautlos die Treppe hinauf, geleitet durch das Licht einer iPhone-Taschenlampe. Auf den letzten Treppenstufen verlangsamt der eine die Schritte, um S. zu mehr Ruhe zu zwingen. Der aber drängelt, schiebt ihn von der Treppe in das Großraumbüro und baut sich vor ihm auf.

„Nun werd mal nicht paranoid.“

„Hast du wenigstens dein iPhone im Flugmodus?“

„Woher sollen sie wissen, aus welchem Grund wir hier sind?“

Der eine weiß, dass S. von Big Data nichts versteht. Das war für die beiden der Grund gewesen, sich zusammenzutun: Der eine ein Hacker im Teenageralter, der sich mit Bitcoin finanziert und regelmäßig ins Darknet abtaucht. Und S.: Ein Dealer, der nicht mehr für jedes Gramm Koks in den Görlitzer Park laufen wollte.

S. schuldet einem Lieferanten mehrere zehntausend Euro und bekommt Drohungen. Die beiden müssen Geld auftreiben.

Heute Nacht wollen sie eine Wirtschaftskanzlei berauben. Der eine hat es nicht geschafft, online an die Bankdaten zu kommen. Also zwingt S. ihn, auf der Hardware im Büro danach zu suchen. Dort findet sich immer irgendwas Brauchbares: Passwortschlüssel, versteckte Dateien, eine nicht gesicherte Festplatte.

„Nun mach das Ding schon an“, drängelt S. und nickt in Richtung eines Schreibtisches.

Also bricht der eine ein: USB-Stick. Die Tastatur klackert.

S. steht hinter ihm. Gebannt starrt S. auf den Bildschirm und wartet.

Plötzlich blinkt über dem Bildschirm ein Kamerablitz auf. Auf dem Monitor erscheint für einen Augenblick das Beweisbild. Dann wird er schwarz.

Der eine hört, wie S. hinter seinem Rücken schnauft, riecht seinen Angstschweiß und bekommt eine Gänsehaut. Noch während er sich umdreht, schnipst in der Hand über ihm der Schmetterling auf. Das letzte, was er sieht, ein Funken. Die Halsschlagader mit einem Stich.

S. wischt das Messer an der Hose des Toten ab, klappt es zusammen und steckt es zurück in den Hoodie. S. atmet durch. Ein und aus. Mies ist das gelaufen.

Im selben Moment geht unten zufällig der übermüdete U. die Straße entlang. Aus der Ledertasche zieht er das Handy und liest die Nachricht seiner Tochter: „Hast du dem Hacker das Handwerk gelegt?"

Berlin Moabit, Westfälisches Viertel

Die Morgensonne scheint im Familienquartier. Eine Drossel singt im Baum gegenüber, es dringt durch das offene Küchenfenster. Marina hat dem U. und sich selbst Latte Macchiato gekocht, mit dem Dampfventil der Siebträgermaschine schäumt sie Hafermilch auf. Im Kännchen blubbert es. Marina füllt die Milch in die Tassen und trägt sie zum Tisch.

Viel Milch, ohne Zucker.

Marina und U. sitzen am Frühstückstisch und schlürfen Latte Macchiato aus Metallstrohhalmen. Der U. ist stolz auf seine Tochter. Sie besucht ein gutes Gymnasium und will Tierärztin werden. An den Wochenenden fährt sie zum Reitunterricht. Mit seinem Programmierer-Gehalt können sie sich den gerade so leisten. Auch darauf ist der U. stolz.

„War mal wieder ein langer Abend gestern", sagt er. Neben ihm auf dem Tisch, wie zum Beweis, die Ledertasche.

Marina zieht die Brauen hoch.

„Du hast noch gar nichts erzählt."

U. hat nicht genug geschlafen, er sagt nichts, grinst aber.

Den Hacker hatte U. wochenlang gejagt. Den Einbruch in das Büro der Wirtschaftskanzlei hatte er vorausgesehen. Im ganzen Großraumbüro hatte er die Computer manipuliert und auf einen Angriff vorbereitet. Ein Netz aus Bits und Bytes. Nun ist der Fisch hineingeschwommen. U. hat ein Bildschirmfoto, auf dem das Gesicht des Hackers zu sehen ist. Hinter ihm ein Rumpf, der vermutlich seinem Komplizen gehört.

Eine Hackerbande, so unüberlegt. Aber nicht dumm, sagt er sich. In U.s Welt gibt es keine dummen Menschen.

Das Handy klingelt in seiner Ledertasche. Die Wirtschaftskanzlei.

Erfreut geht der U. ran, in der Erwartung, sogleich von seinem Erfolg berichten zu können.

Er ahnt noch nicht, dass er stattdessen eine unbeabsichtigte Dummheit begangen hat, und dass diese Dummheit von einem solch großen Ausmaß ist, dass er nach diesem Telefonat sein ganzes Leben damit verbringen wird, darüber nachzudenken.

„Hallo, schön, dass Sie anrufen. Ich habe ..."

Dann verstummt er.

Während des Telefonats wird er immer blasser.

Marina schaut ihm dabei zu.

„Was ist?", fragt sie.

U. geht nicht auf die Frage ein, er hört lange ins Telefon, bestimmt fünf Minuten, dann sagt er immer wieder: „Ja, aber" und „Das kann so nicht sein." Zum Schluss schafft er nur noch ein „Okay", legt auf, legt das Handy beiseite und steht auf.

Mit zitternden Fingern zieht U. den Laptop aus der Ledertasche. Er fährt das System hoch, Mozilla Firefox meldet zwei neue Emails. Eine vom Vermieter und eine vom Gymnasium, das Marina besucht. Sie lauten fast gleich.

Leider mussten wir heute Morgen eine Änderung in ihrem Sozialen Konto zur Kenntnis nehmen. Wir bedauern, Ihnen mitteilen zu müssen, dass unter diesen Bedingungen ...

U. klappt den Laptop zu und schaut zu Marina.

„Jemand hat den Hacker erstochen. Ich muss zu der Zeit in der Nähe des Tatortes gewesen sein. Mein Handy wurde geortet, und es ist das einzige."

„Und jetzt wirst du verdächtigt?"

„Und weil ich verdächtigt werde, haben wir eine Anmerkung im Kreditsystem."

Im Gymnasium hat Marina gelernt, dass das Kreditsystem die Menschen dazu bringen soll, verantwortungsvoller zu leben. Sie sollen keinen Müll auf die Straße werfen. Sie sollen Pornos und Fast Food meiden und regelmäßig Sport treiben.

Tun sie das, verringern sich die Krankenkassenbeiträge. Tun sie das nicht, wird der Arbeitgeber darauf aufmerksam gemacht. Tun sie das lange nicht, dürfen sie nur noch eine Sozialwohnung mieten. Die Kinder dürfen kein Gymnasium besuchen.

Wer in Verdacht steht, eine Straftat begangen zu haben, bekommt einen besonderen Vermerk. Bestätigt sich der Verdacht bei einem Mörder oder einer Mörderin, fällt das Soziale Konto auf null Punkte. Es ist nahezu unmöglich, aus einer solchen Position wieder herauszukommen. Ein solcher Mensch hat seine Grundrechte verwirkt.

Im Magen des U. rumort der Latte Macchiato, er will sich übergeben und schlingt stattdessen die Arme um den Bauch. Es klingelt an der Tür.

U. geht durch den Flur und öffnet. Zwei Beamte stehen da.

Berlin Moabit, Polizeiwache

Vor der Eingangstür eines Betonbaus warten die Kriminalbeamten, einer von ihnen hält U. an Handschellen. Er fühlt sich wie versteinert.

Vor seinem inneren Auge schaut U. sich immer wieder das Bildschirmfoto an, vor allem den Rumpf, fragt sich, zu wem der Rumpf wohl gehört und wie es passieren konnte, dass nicht der Rumpf jetzt hier steht, sondern er. In Gedanken setzt er ein Tausend-Teile-Puzzle zusammen, das immer wieder auseinanderfällt.

Die Beamten schieben ihn in den Betonbau, setzen ihn hinter eine Plexiglasscheibe und nehmen ihm die Handschellen ab.

Dann verlesen sie die Beweise: „Das geortete Handysignal am Tatort zur genauen Tatzeit ... Chatverläufe, die auf einen Konflikt mit dem Opfer schließen lassen ... Bilder der Überwachungskameras ...“

Ein Netz aus Bits und Bytes, das sich um ihn selbst gelegt hat.

U. fällt nichts ein, womit er sich verteidigen könnte. In schnellen Stößen pumpt sein Herz Stresshormone durch seinen Körper.

„Ich möchte einen Anwalt sprechen."

Die Beamten schreiben eine Telefonnummer auf einen Zettel. Der U. steckt ihn ein. Sie geben seinen Namen, Geburtsdatum, Adresse und die Ausweisnummer in einen Computer ein. U. muss Jeans und T-Shirt ausziehen und in einen grauen Overall schlüpfen.

Auf dem Handy schreibt er seiner Tochter eilig: „Verhaftet, melde mich sobald wie möglich."

Dann nehmen die Beamten ihm das Handy ab, legen es in eine Kiste und schließen es weg. Sie legen dem U. die Handschellen wieder an, bringen ihn nach draußen und fahren ihn zur Justizvollzugsanstalt.

Währenddessen sitzt der S. zuhause auf dem Bett und hat von alldem keine Ahnung. Er hat Augenringe, zittert und schwitzt immer noch ein bisschen. Aber nicht mehr so schlimm wie noch vor ein paar Stunden. Denn es gibt keine Spur, die zu ihm führen könnte: Sein iPhone war doch im Flugmodus. Er ist durch einen Hintereingang aus dem Gebäude gegangen. Sein Gesicht ist nicht auf dem Beweisbild. Dieses Schweineglück versteht er nicht komplett, ahnt es aber, legt sich hin und fällt in einen ruhigen Schlaf.

Berlin Moabit, Westfälisches Viertel

Marina sitzt am Küchentisch vor einer Tasse Kaffee, türkisch aufgebrüht, fast ausgetrunken, und sucht im Kaffeesatz nach einer Zukunft. Sie entdeckt aber nur braune Brocken. Sie ist nun keine vorbildliche Schülerin mehr, die Reitstunden nimmt, sondern die Tochter eines Mörders. Am Vormittag hatte sie alle Gespräche allein geführt.

Vor der Tür hatte der Vermieter mit der Kündigung gestanden.

„Das tut mir ja leid ... Sie wissen doch, die Regeln."

„Drei Monate habe ich Zeit?"

„Ja. Sie werden etwas anderes finden."

Die Klassenlehrerin hatte angerufen und mit einem Kratzen in der Stimme gesprochen.

„So eine Herabstufung, deine Familie ... nicht erwartbar. Aber es hilft nichts, Marina. Du weißt doch ..."

„Die Regeln?"

„Sie werden eine Sozialarbeiterin schicken, die das mit dir bespricht."

Marina kommt eine Idee. Sie legt ihr Smartphone vor sich auf den Tisch und beginnt, darauf herumzutippen. Auf TikTok hat sie mehr als dreißigtausend Follower. Die App hat sie seit Monaten nicht mehr benutzt, aber jetzt soll TikTok ihr helfen. Sie lehnt das Smartphone an die Kaffeetasse, dreht die Kamera in den Selfie-Modus und drückt auf den Aufnahme-Button. Dann schildert sie die Geschehnisse der letzten Tage, schickt das Video in den Äther und wartet.

Zwölf Stunden später hat kein einziger Follower das Video gesehen. Sie war zu lange offline, der Algorithmus hat sie aussortiert. In dieser Woche trenden Hundevideos besonders gut.

Berlin Mitte, Digitalministerium

Hinter Metallschreibtischen sitzen ein Dutzend Beamte und hämmern in die Computertastaturen wie Bergarbeiter auf Kohlestücke.

In Moabit soll ein alleinerziehender Vater einen Mann ermordet haben, er sitzt seit mehreren Tagen in Haft. Es gibt Ungereimtheiten in dem Fall. Das Tatmotiv stimmt nicht: Der U. war kurz davor, den Mann, einen Hacker, auffliegen zu lassen. Warum hätte er ihn umbringen sollen?

Der U. ist laut den Daten ein Mörder und laut dem menschlichen Verstand unschuldig. Sobald er Zugang zu einem Anwalt bekommt, könnte das einen Präzedenzfall auslösen. Und deshalb bekommt U. keinen Zugang zu einem Anwalt.

Die Daten schützen uns vor der eigenen Dummheit. Niemals wieder darf der Eindruck entstehen, man könne den Daten kein Vertrauen schenken.

Ein Befehl reicht, den U. verschwinden zu lassen. Tastaturen klackern. Die Beamten finden ihn im Einwohnerverzeichnis, bei Steuer- und Rentenbehörden, staatlichen und privaten Kassen, auf Gewerbenetzwerken, bei TikTok, Facebook und Google. Und drücken auf Löschen.

Nur eine Sache fehlt noch.

Berlin Moabit, Westfälisches Viertel

In der Wohnung sind alle Fenster geschlossen. Marina liegt auf dem Sofa herum. Seit der Nachricht aus der Polizeiwache hat sie nichts mehr von ihrem Vater gehört. Sie kann den U. nicht kontaktieren.

„Er möchte keinen Besuch", hatten sie ihr gesagt, als sie vor der Justizvollzugsanstalt stand.

„Er möchte keinen Besuch", hatten sie wiederholt, als sie es ein vierzehntes Mal probierte.

Marina öffnet TikTok auf ihrem Smartphone. In ihrem Newsfeed findet sie nun häufig Videos, die erklären, wie ein unscheinbarer Mensch zum Verbrecher werden kann. Sie hat aufgehört, die Tatsachen anzuzweifeln. Sie öffnet ihren Chatverlauf und klickt auf die letzten Nachrichten von U.

Sie hält kurz inne. Dann drückt auch sie auf Löschen.

Der U. ist nicht mehr.

Sein Name verschwindet hinter den Mauern einer Strafvollzugsanstalt. Der Bürgersteig davor glänzt ziemlich, niemand hat auch nur ein Taschentuch darauf liegenlassen.

Joshua Kocher:
Paderborn

Der Edding quietschte, als der Coach auf die Tafel schrieb. „Marco" stand jetzt zwischen Strafraum und Mittellinie. Der Coach setzte den Stift ab.

„Wir brauchen dich heute, Junge", rief er in die hintere Ecke der Kabine, „und zwar den wachen Marco, den Wadenbeißer, den Kerl mit der rechten Klebe."

Bei jedem Wort klopfte der Coach mit der Faust an die Tür. Sein Blick spießte Marco auf. Marco hätte lächeln können oder energisch nicken, aber er schaute auf den Boden.

Sein Name stand zum ersten Mal seit seinem Wechsel zum SC Paderborn auf der Tafel. An den elf vorherigen Spieltagen war der Coach vor der Besprechung zu ihm gekommen, hatte den Arm auf seine Schulter gelegt und gesagt: „Heute reicht's leider nicht, aber gib einfach weiter Gas". Marco hatte den Kopf hängen lassen, aber in Wahrheit war er froh.

Hätte Marco gewusst, dass er heute von Anfang an ran durfte, er hätte am Morgen auf Kaffee verzichtet. Aber was machst du sonst vor so einem Spiel, Sonntag, 15 Uhr? Du stehst um acht Uhr auf, lässt die Senseo warm laufen, schaltest den Fernseher ein. Du drückst dir einen Cappuccino und zwei Croissants rein, und dann sind es immer noch vier Stunden, bis du in dein Auto steigst und zum Stadion fährst. Ein Spiel dauert neunzig Minuten. Ein Spieltag dauert einen ganzen scheiß Tag.

Marco spürte Roccos Hand, die ihm motivierend auf den Oberschenkel klatschte. Er spürte auch die Enge in der Brust, den Schweiß, der auf der Stirn perlte und seine braunen Haarspitzen anfeuchtete. Am liebsten wollte er sich im Klo einsperren.

Dabei war Marco zwanzig Jahre seines Lebens immer der gewesen, der voranging. Schon in der F-Jugend war er Torschützenkönig gewesen, er hatte geheult, wenn er und seine Mannschaft auf irgendeinem Dorfsportplatz ein Spiel verloren. Im Sportinternat war er morgens um 6:15 Uhr aufgestanden, hatte sechzig Liegestütze gemacht und sich am Abend zwei Packungen Spaghetti reingeschaufelt. Bei seinem Ex-Club, dem Bahlinger SC, war er der brüllende Dirigent gewesen.

Doch seit seinem Wechsel zum SC Paderborn drückte er morgens fünfmal den Wecker weg. In den Taktikansprachen hörte er nur dumpfes Gewaber, am Nachmittag fiel er erschöpft auf das riesige Sofa in seiner Neubauwohnung mitten in Paderborn. Paderborn, allein der Name machte schon depressiv.

Und dann der Profi-Alltag. 9.30 Uhr Aufwärmen, 10.30 Uhr Kondition, 11.30 Uhr Torschuss, 12.30 Uhr Mittagessen, 14.30 Uhr Taktik. Danach kam die Leere.

Seine Freundin Caro war in der Heimat geblieben. Sie hatte einen Job beim Arbeitsamt bekommen, unbefristet, Tariflohn.

„Das ist nicht dein verdammter Ernst?" hatte sie gerufen, als Marco ihr sagte, dass er nach Paderborn wechseln könnte, zweite Bundesliga, drei Jahre Vertrag.

Er hatte gedacht, sie springe ihm in die Arme. Stattdessen redeten sie drei Tage nicht miteinander.

An seinem ersten Abend in Paderborn hatte ihn der Teamkapitän Micha zu sich nach Hause eingeladen. Playstation-Party, Jona und Artur waren auch da. Als Marco sich setzen wollte, knirschten die Kartoffelchips unter seinem Hintern im Sessel. Im Kühlschrank stand Red Bull. Marco sagte bald, er sei jetzt müde und ging nach Hause.

Mit Rocco, seinem besten Kumpel, der gemeinsam mit ihm nach Paderborn gewechselt war, ging er manchmal Pasta essen. Er war der einzige, dem Marco von seiner Depression erzählt hatte. Bei einer Portion Napoli auf der Terrasse vom Balsamico.

„Also, ich glaube, ich habe gerade keine so gute Phase", sagte Marco.

„Du wirst schon mal wieder ein Tor schießen", antwortete Rocco, während er mit der Gabel in den Nudeln stocherte.

„Ich meine eher so psychisch", sagte Marco und drehte sein Gesicht zur Seite.

„Ach, jetzt vergiss Caro und lass uns bald mal was trinken gehen", sagte Rocco.

Marco beschloss, seine Stimmung einfach auszuhalten. Er checkte ja selbst nicht mal, was eigentlich das Problem war.

Und jetzt, Startelf im Pokalviertelfinale. Marco zog die Stutzen hoch, schnürte die Schuhe und tat so, als würde er in die Konzentrationsphase übergehen. Augen zu, Kopf langsam hin und her bewegen. Aber eigentlich war er kurz vor einer Panikattacke. Vier Sekunden einatmen, acht Sekunden halten, zwölf Sekunden ausatmen.

„Geht's heute?", fragte Rocco nach der Ansprache.

„Na ja, muss halt", sagte Marco und wollte eigentlich „nein" sagen.

„Heute kannst du dich beweisen", sagte Rocco, „du stehst dem Zehner jetzt neunzig Minuten auf den Füßen, und am Ende sind wir im Halbfinale."

Sie liefen auf den perfekt getrimmten Rasen, aus den Boxen der Arena schallte AC/DC. Der Stadionsprecher brüllte: „Und hier sind unsere Jungs!" Der Anpfiff des Schiedsrichters kämpfte sich durch Trommeln und Gesänge.

Der Ball kam direkt zu Marco, er schob ihn rüber zu Matthias in der Innenverteidigung. Der schlug ihn lang und Marco konnte sich das Spiel erstmal von hinten anschauen. So ging das die ganze erste Halbzeit. Wenn Marco den Ball bekam, passte er ihn schnell weiter, Verantwortung abgeben, bloß nichts riskieren. Halbzeitpfiff, null zu null.

Auf dem Weg in die Kabine sah er Caro auf der Südtribüne. Überraschung. Ihm gelang ein Lächeln.

„Marco, du kannst den Ball auch ruhig mal halten", sagte der Coach in der Kabine. „Geh mal ein paar Meter, zieh ab, der Rasen ist rutschig heute."

Marco blickte auf, nickte. Auf dem Weg zurück aufs Feld kam Micha, packte Marcos Gesicht zwischen seine Hände und sagte: „Das ist jetzt deine Halbzeit."

Der Wiederanpfiff dröhnte in Marcos Ohren. Die Partie lief ein paar Minuten, ohne dass er den Ball auch nur ein einziges Mal bekam. Dann lief er nach vorne, sah, wie Rocco sich rechts außen durchtankte, den Ball nach innen legte, genau in Richtung von Marcos rechtem Fuß. Er holte aus, preschte das Leder aufs Tor. Latte. Ein Raunen ging durchs Stadion, und auf einmal war Marco wach. So wach, wie schon seit einem halben Jahr nicht mehr. Er spürte die Aufregung den Hals hochkriechen, seine Schläfen pochten.

Er rannte jetzt, rief Rocco hinterher: „Hintermann!" Er genoss jede Grätsche, schlug Flanken, die er sich sonst nie trauen würde, und er spürte zum ersten Mal seit Monaten wieder Wut. Der Schiedsrichter hatte ein Foul an ihm übersehen.

Es gab Eckball. Marco ging mit vor. Rocco hob den Arm, schlug den Ball rein, und Marco warf sich in die Luft. Der Ball dotzte auf seinen Kopf. Wie in Zeitlupe sah er ihn ins lange Eck fliegen, das Netz rauschte, er sah die aufgerissenen Augen von Micha, der neben ihm stand. Marco rannte los, zur Südtribüne, schrie, riss die Arme in die Luft und warf sich auf den Boden. Seine Mitspieler sprangen auf ihn, rubbelten ihm den Kopf, brüllten ihm ins Ohr.

Zehn Minuten später pfiff der Schiri das Spiel ab. Marcos Mitspieler rannten auf ihn zu, nahmen ihn in den Arm, hüpften im Kreis, riefen seinen Namen. Als sich der Kreis auflöste, ließ sich Marco auf den Rasen fallen, die Arme ausgestreckt, der Bauch bewegte sich hektisch auf und ab. Die Lunge brannte, er verschmolz mit dem Boden. So fühlte sich Glück für ihn an.

Am Abend saß er auf dem Sofa. Die Beine ruhten taub auf dem Polster. Links lag die Fernbedienung, rechts das Handy. Caros Name blinkte auf, sie hatte direkt wieder nach Hause fahren müssen.

„Lass uns später telefonieren", hatte sie ihm über dem Spielertunnel zugerufen.

Marco drückte sie weg und schaute auf den schwarzen Fernseher.

Jannik Jürgens:
Der Polizist

Seit Dienstbeginn hatte Frank Buchmüller auf diesen Moment gewartet. Er schaltete den Computer aus, warf einen flüchtigen Blick auf die Akten, die sich auf dem Schreibtisch stapelten, und zog die Tür hinter sich zu.

Sein Büro lag unter dem Dach des alten Polizeireviers. Buchmüller mochte das Haus mit den schiefen Balken. Manchmal blieben die Touristen davor stehen und kramten ihre Kameras heraus. Aber das Haus war nicht für die Art von Sommer gebaut, wie sie die Stadt seit Anfang Mai heimsuchte. Die feuchte, dumpfe Hitze drang durch die Balken und staute sich in den kleinen Zimmern. Der Denkmalschutz hatte eine Klimaanlage verboten, und so blieb Buchmüller nur ein altersschwacher Ventilator, von dem er hoffte, dass er länger durchhalten werde als er selbst.

Als er über das Kopfsteinpflaster lief, fühlte er sich seltsam leicht.

Buchmüller war einmal stolz auf seinen Beruf gewesen, doch seit der Sache mit Pawelke zählte er die Tage, bis er sich gänzlich seinen Palmen widmen konnte. Er baute kretische Dattelpalmen, blaue Zwergpalmen und chinesische Hanfpalmen an. Besonders stolz war er auf eine majestätische Goldblattpalme aus Madagaskar.

Später würde er sie gießen, doch zunächst wollte Buchmüller zum Rhein. Eine Allee mächtiger Platanen, die Napoleon angelegt hatte, führte zum Fluss. Die Stadt war seit dem Mittelalter umkämpft gewesen. Die Franzosen bauten sie zur Festung aus, die Österreicher schliffen sie.

Buchmüller mochte die Franzosen lieber als die Österreicher. Nicht, dass das heute noch eine Rolle spielte, Krieg in Mitteleuropa gab es seit 70 Jahren nicht mehr. Doch Frankreich war das Land, in dem er seine Urlaube verbrachte. Mit dem alten VW-Bus hatte er die Hügel der Bretagne abgefahren, die Schlösser der Loire besucht und zwischen Olivenhainen in der Provence gecampt. Wenn Franzosen sein deutsches Nummernschild nicht gesehen hatten, hielten sie ihn für einen Elsässer. Nicht verwunderlich, das Elsass lag gleich auf der anderen Seite des Rheins.

Buchmüller kam am Vereinsheim des Ruderclubs vorbei. Er war noch Mitglied, aber gerudert hatte er seit Jahren nicht mehr. Dabei war er nicht schlecht gewesen, dritter Mann im Achter. Mit der ersten Mannschaft hatten sie die Landesmeisterschaft gewonnen. Das breite Kreuz war geblieben, der Kugelbauch gekommen. Pawelke war damals zweiter Mann im Achter gewesen.

Das Klacken der Kugeln riss Buchmüller aus den Gedanken. Er hatte den schattigen Bouleplatz erreicht, auf dem der Präsident sich bereits einschoss. Buchmüller hob zwei Finger zum Gruß. Der Präsident nickte und warf eine weitere Kugel. Der Präsident war einer der wenigen gewesen, die ihn damals verteidigt hatten. Warum er das gemacht hatte, konnte sich Buchmüller bis heute nicht erklären.

Pawelke und Buchmüller hatten die Nacht durchzecht und waren im Morgengrauen zum Rhein gegangen. Sie wussten beide, dass der Fluss gefährlich war, aber irgendwie kam es dazu, dass Pawelke ins Wasser fiel. Buchmüller bekam davon nichts mit, er pinkelte in diesem Moment gegen eine Laterne. Taucher fanden Pawelkes Leiche einige Tage später flussabwärts und an Buchmüller blieb der Verdacht hängen, dass er irgendwas mit dem Tod seines Freundes zu tun hatte.

Der Professor erreichte den Bouleplatz. Er hatte eine jungen Mann im Schlepptau, der Buchmüller bekannt vorkam. Im Gegensatz zum Ruderverein, in dem fast die gesamte Stadt Mitglied war, hatte der Boule-Club große Probleme, Spieler zu finden. Eigentlich bestand der Verein nur aus drei Leuten: dem Präsidenten, dem Professor und Buchmüller.

Als der Neue vor ihm stand, wusste Buchmüller wieder, woher er ihn kannte. Er hatte die Augen seines Vater, gegen den er vor einigen Jahren ermittelt hatte. Hayrettin Çelik war in den Verdacht geraten, Spielautomaten manipuliert zu haben. Viele hielten die Çeliks für Mafiosi, die ihr Geld mit Schmuggel, Prostitution und Automatenbetrug verdienten. Doch bei den Ermittlungen war nichts herausgekommen. Es schien, als betriebe Hayrettin Çelik die Geldautomaten der Stadt auf legale Art und Weise.

Buchmüller vermutete, dass Neid hinter den Vorwürfen gegen die Çeliks steckte. Der Vater hatte sich vom Gemüsehändler in der Hinterstadt zum Casino-Betreiber hochgearbeitet. Ihm gehörten einige Häuser in der Altstadt und eine Halle, die ein Supermarkt gemietet hatte. In der Nähe von Izmir betrieb er ein Hotel. Der Sohn Serdar versuchte sich als Musikproduzent. Was wollte er bloß bei ihnen?

„Ich würd gerne mitspielen", sagte Çelik.

„Leger oder Schießer?", fragte Buchmüller.

„Leger", sagte Çelik. Den ersten Test hatte er bestanden, denn wenn einer ankam und nicht einmal die Grundbegriffe des Boulespiels kannte, ließen sie ihn für gewöhnlich nicht mitspielen.

„Zeig mal deine Kugeln", sagte Buchmüller. Çelik öffnete eine schwarze Tasche mit sechs Fächern und nahm eine matte, silberne Kugel heraus. Es war eine Turnierkugel von Obut, einem französischen Hersteller, etwa 730 Gramm schwer und aus Spezial-Edelstahl.

Buchmüller spielte mit Çelik gegen den Präsidenten und den Professor. Çelik machte seine Sache gut. Sie gewannen das erste Spiel, verloren im zweiten und machten im dritten den Sack zu. Nach dem Spiel gingen sie Pastis trinken.

Buchmüller und Çelik trafen sich immer wieder zum Boulespielen.